INK

文學叢書

162

白米不是炸彈

楊儒門◎著

目次

〈序〉頌二林精神／李克世 7
我正在尋找／楊儒門 13
第一章 成長在二林 17
江湖在哪裡？ 18
憨人，盲劍客 20
狗狗咬上我屁股 23
鄉村的除夕 26
請問，哪裡有土石流？ 30
第二章 當過兵的男人 39
燕秀潮音採海芙蓉 40
野戰醫院，鮮血流出一朵花 43
命運在手，失手就免談 48

第三章　市場生活　63
學海獅上岸　64
潛水、海洋與自我　69
排煙道的故事　72
討厭貓是公主　74
站起來了，那個人站起來了　80
三個月一次的吃魚訓練　83
飢餓與理想一同散步　88
第四章　腳踏車之旅　91
第五章　攪和角與死囝仔　147
和攪和角去修禪七　148
背著他走山路　152
事實像月亮，眞理如同太陽　162
先生，請幫我一下　165
一件死亡事件　171

第六章　我與前觀的對話　183
冬天洗冷水澡　184
爲反對WTO，絕食抗議的第六天　189
第七章　從圍牆內寫信　203
看守所的風景　204
絕食的滋味　206
獄中札記　210
太多人站在牆頭　232
運銷、捐血與認養小孩　236
聽一審判決後　239
我爲什麼上訴？　241
到花蓮外役監種田　243
早餐吃什麼？　250
一百五十三顆哈密瓜　252
附錄一　256
附錄二　257

〈序〉頌二林精神

李克世

無巧不成書。在大陸廈門，人們正籌備著紀念台灣光復六十周年、紀念台灣「二林蔗農事件」八十周年、以及組織著紀念照片展覽會暨「台灣會館」開幕之際，我接到了二林家鄉李子麟堂姪寄來新出版的《二林區地方文史專輯》第三輯。當即翻閱了刊頭幾篇文章，不禁爲父老鄉親紀念「二林蔗農事件」英烈們以及讚頌李應章的抗日革命事蹟之熱忱，感動而濡沫於頰；同時也爲八十年以後，又見爲了訴求台灣廣大農民群眾的正當權益，不畏強權挺身而出的新一代二林農民子弟——楊儒門而激動萬分、敬佩不已。

在上述社區大學會刊上刊頭文章中，也登載了前監察委員黃煌雄教授的講演，其中這麼評論著一九二五年的「二林蔗農事件」：「當年二林的蔗農，只是向日本人提出很基本、很合理的一項公平的要求而已；可貴的是他們敢說、敢表示、敢要求而已。但在八十年前就能產生民族的思想，造成了台灣人第二次的抗日事件，帶動了台灣高階層的知識分子走入大眾化的一個很關鍵的運動。這是『二林蔗農事件』在台灣近代民族運動史上很重要的意義。……農民運動的『二林蔗農事件』是帶入整個社會運動的轉捩點。」

八十年前二十八歲的李應章，不堪看著自己執醫行善的周圍蔗農，過的是「冬暖而心號寒．年豐而妻啼飢」的農奴般生活，遂揭竿而起，組織「二林蔗農組合」爲民請命，拯救農民挽救台灣，不畏日本殖民統治當局，百折不撓訴求蔗農的正當權益。終因異民族的殘酷鎮壓，投獄、流亡他鄉，完結其爲台灣人民翻身的革命一生。

當今，在李應章的家鄉——二林，因家境因素高三輟學後陪伴阿公種田卻無法維持生活的二十六歲大理石按裝工楊儒門，在他與父親移居到基隆爲賣雞小販三年後，不忍親眼看著家鄉的農業在衰退：稻米飄香、物產富庶的中部平原吃起進口米來，經濟低迷畸形盤纏，遂想到爲喚起人們重視台灣農業、農民問題，不得不以弱勢者所能採用的手段，以「白米炸彈」訴說農民的苦衷，終於蹲了兩年有餘的監獄，引起了台灣社會各民意團體聲援，爲之平反正名，始得以自由。

「二林蔗農事件」的領導者李應章也好，「白米炸彈」事件的「白米客」楊儒門也罷，其共性就是爲民請命。當事人均將自己的安危置於度外，一意訴求弱勢群體的合法權益，誓不低頭，終究在被強權者打入大牢之後，喚起了民眾的覺醒。「二林蔗農事件」之後，人們不是就此緘默退縮，相反的，更激起了廣大民眾、掀起了組織農民組合的高潮，農民運動風起雲湧。「台灣農民組合」聯合起全島的農民，成爲全台灣人民抗日運動的新里程碑。

楊儒門事件，則引發了一系列拯救爲民請命而遭不幸的「白米客」，以及聚焦在台灣三農命運而正義論辯的高潮，農民民主運動隱然興起，人們開始正視台灣農業的危機，乃至更深地探索挽救台灣經濟的出路。

這就是人們頌之爲「二林（儒林）精神」的由來。家鄉二林，不就在規劃「二林蔗農事件」爲主題，暨紀念碑、建紀念館、保存李木生（李應章之父）墓園，以供新一代記取歷史，藉以發揚光大二林精神。

「聲援楊儒門聯盟」及「聲援楊儒門案學界聯盟」的聯絡人楊祖珺教授告訴我，五月十二日在獄中的楊儒門請託她邀請李應章的兒子爲新書寫序，我當欣然接受，班門弄斧撰此拙文，同讚農民運動新人。

六年前中國加入了WTO，隨後台灣也以「台澎金馬關稅區」名義加入了WTO。中國以每年九%到十三%的高速度發展了經濟，台灣卻見到了「白米客」不得不崛起反對進口稻米、以及最大港口的基隆港工人一個月工作不到幾天，也領不到獎金的現象。

該是拯救台灣農民與農業，並求台灣經濟全面復甦的時候了。站在海峽的此岸，願看到故鄉的父老鄉親度過更富庶美滿的生活；更盼先父李應章說過的，待濁水溪水流清時，兩岸同祭李應章、二林蔗農事件先烈的英靈！

最後，衷心感謝有機會在此再次緬懷先父李應章關懷眾生利益而革命的一生！對於楊儒門先生身繫囹圄，在獄中卻仍惦記著「二林蔗農事件」與當今台灣農民遭遇的關連性，也感動不已！楊儒門在二〇〇五年十月二十二日的獄中書信中言道：「今天是李應章先生和二林蔗農事件的八十周年，……自己走上這一條路，就得『一不怕關，二不怕死』……」；楊儒門原本打算在三天前的二〇〇五年十月十九日台北地方法院宣判後對記者說：「……（二林蔗農事件）就滿八十周年了，……有多少人記得這個日子？跟有多少人在乎農民是成正比的。」但他也認為，「歷史總是在重複著錯誤，一種人為貪婪的醜陋面，現在也不比日據時代好多少。……一九二五年十月二十二日，一個被人遺忘的日子。李應章先生，一定很感慨吧！」

身為李應章的後代，由衷地感謝楊儒門對先父的敬仰。欽佩楊儒門的剛烈氣概，為「二林精神」增光添彩，濁水溪後浪推前浪，永遠朝前走，嚮往著更燦爛的明天！

（李應章次子）李克世（錫愷）寫於廈門

李克世簡介

原名李錫愷，一九二八年十二月六日生於台灣二林，「二林蔗農事件」李應章醫生之次子。畢業於淡水中學、彰化中學，一九四八年爲台灣省公派自費生考入廈門大學政治系，從此未返家鄉。任職於福建省政府交際處、國家外文局「人民中國」雜誌社日文組副組長、中國社會科學院外事局亞非處副處長。一九八三年旅居日本，就職於日本湯淺產業株式會社中國室主事，一九九一年轉任駐廈門代表處首席代表，一九九九年退休，定居廈門。譯有：日本小說《忍川》、《人的證明》、《復顏》、《黑澤明的世界》；中國《報海舊聞》等其他短篇。即將出版：紀事長篇小說《台灣蔗農事件外傳》、抒情回憶錄《一個台灣人》。

我正在尋找

楊儒門

我正在尋找
尋找泥土的記憶、幼時的童年
蝴蝶翩翩飛舞，伴我走過
甘蔗、稻田、葡萄園
盡情浪費生命美好的時光

我正在尋找
尋找生從何來、死往何去
汲汲營營於名、權、利
清清白白的來
帶著滿身污穢與沉淪離去
走這一遭，究竟是爲了什麼

一九七八年十二月
出生在彰化二林的萬興，
就讀萬興國小、萬興國中。
秀水高工三年級時，休學。
住在二林舊趙甲，
從事大理石按裝工作。
十九歲，第一次摩托車環島。

我正在尋找
尋找明天的方向、尋找無根浮萍的落腳處
努力擺脫
鄙視、冷漠、眼淚的追逐
漫漫長夜，只有孤獨陪伴著我

我正在尋找
尋找自我的認同
在料羅的沙灘上，翻滾、奔跑
在東引的自然裡，漫步、魚游
大腳一踹，踢中人生道路上的兩粒尖石
流血、沮喪

我正在尋找
尋找風的訊息
收攏翅膀，站在岬角

在馬祖東引當兵，
軍種爲陸軍兩棲偵察營。
退伍後，住彰化溪湖。
繼續做大理石按裝的工作。

當呼喚聲來臨時，我將訣別最愛
躍入滾滾的濁世

我正在尋找
尋找眞理的足跡、尋找勇氣的泉源
黑暗籠罩大地
貧窮、貪婪、階級
在泛紅的夜空中
流竄、橫行

我正在尋找
尋找理想萌芽的裂土處
冷清的街道，飄落毛毛雨
緊閉的心扉，堅定著步伐
走向隱身在叢草間的不平吶喊

我正在尋找

二○○二年，在基隆市場賣雞。展開腳踏車環島。

二○○三年十一月二十三日，第一枚貼有「炸彈勿按」的爆裂物以訴求「不要進口稻米」、「政府要照顧人民」出現。

二○○四年，持續在台北各地放置爆裂物，持續訴求。沒有傷過人。

二○○四年，十一月二十五日晚間現身。被關入土城看守所。

二○○五年十月，一審

尋找上帝開啓的一扇窗
一扇農民的未來
孩童的希望
如果你知道在哪
請告訴我
（2005/09/26）

判決七年六個月。上訴。
二〇〇六年一月五日，
二審改判五年十個月，
二〇〇六年入台北監獄服刑。
二〇〇七年一月，到花蓮外役監種田。
二〇〇七年六月二十一日，特赦出獄。

【第一章】

成長在二林

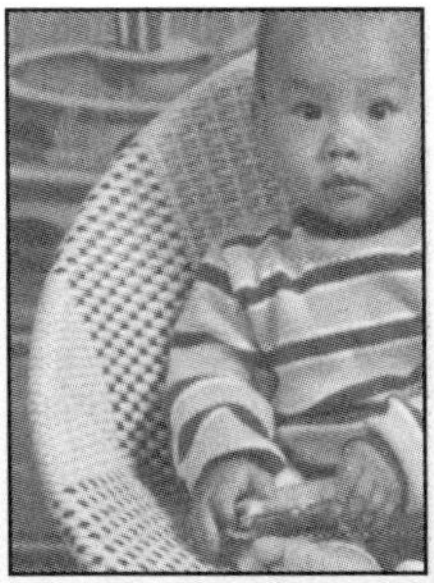

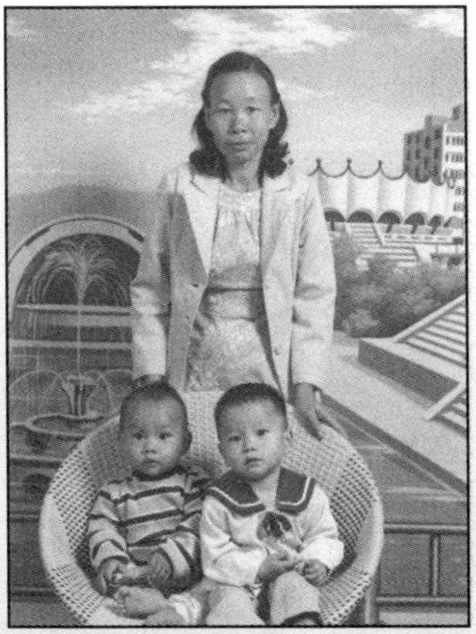

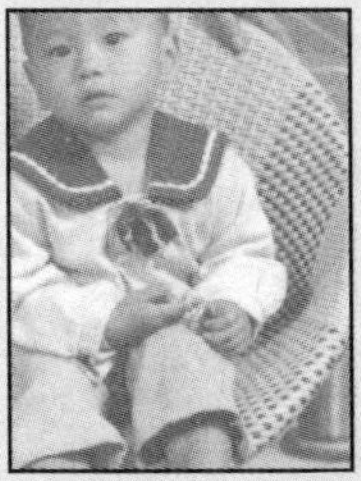

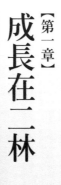

江湖在哪裡？

小時候的想法總是天眞、可笑加點愚蠢的成分摻和在一起。未來，對一個十歲左右的小孩，是既遙遠又帶著夢想的時代。笨笨的腦袋瓜裡，裝著許多不切實際的想法，總之是電視看太多了，有一種投射心理，想，要是我也能像劇中人物一般，浪跡天涯，做個俠客，那是何等的豪情、何等的瀟灑自在。不再受父母老師的諄諄教誨、時時刻刻的叮嚀囑咐，「要好好念書，將來才有前途。」那一點點的反叛性格，正在滋長。

一直在尋找，武俠片中，楚留香所說的江湖在哪？心裡直覺以爲那是一條河、是一座湖、是一個明確、實際上有的地方，名叫「江湖」。電視一直看，漫畫一直瞧，可是就是弄不懂江湖在哪。奇怪了，每一個人都會說：「人在江湖，身不由己。」可是怎麼沒有說，江湖在哪裡？後來才知道，原來江湖就是現實的社會，就是現在生活的地方，就在身旁，根本就是我們所處的環境。X，欺騙我許多年的情感，還以爲江湖是楚留香乘坐的那條船，所航行過的那條河咧，害我幼小的心靈期待了許久，一直告訴自己，等我長大後，有機會一定要去瞧瞧江湖如何的寬闊、垂柳如何的富含詩意、俠客們如何的行俠仗義、奸人如何的諂媚卑鄙……。

笨到會去相信電視所說的一切、所演的一切，現在想來也眞不簡單；徹底的蠢。不過人嘛，總會有段年少輕狂的歲月，尤其未來跟下輩子一樣的遙遠，生命就該好好的浪費。還記得用餅乾盒做成「血滴子」，在家裡和我弟互相丟擲的情景，呵，所以說電視還是少看點，不要被奇奇怪怪的念頭影響到日常生活的行爲，不然，別人還以爲你是從火星來的咧。

說到好奇，有件事一定要提。在十歲出頭的時候，基於好奇殺死貓的原則，任何想法一定要去試試才行，所以常常搞得自己狼狽不堪，我媽是笑也不是，氣也無法改變我的實驗精神，索性就放任不管。

小時候最好奇的事，就是盲劍客的聽音辨位，第六感般，直覺的預測到危險的靠近。在我幼小的心靈中，響起陣陣驚嘆的喝采，打心底佩服，想，要是我也能擁有如此高超的武功，不知是多麼的神氣。

笨絕對不是一天形成的，蠢也不是短暫片刻累積起來的，當「程度」達到一定水平之後，那種無厘頭的行爲，就必然跟著發生。因與果是由緣法生，因不是果，果不是因，有因不一定會有果，果也不是本來就存在因裡，凡事由因緣和合及變化而生。呵，扯得有點遠了，講這麼多，無非是替自己無厘頭的行爲，做一點小小的辯護。

（2005/10/01）

憨人，盲劍客

記得在國小四年級的時候，一個風和日麗的下午，紅澄澄的落日，掛在天空與地面的交界處，顯得又大又圓又有一股說不出的靜謐。天空籠罩在淡淡的金黃色光芒之中，爲頭上這塊畫布添上處處霞彩。暖暖的夕陽餘暉，灑落在萬興這個淳樸的鄉下地方，我，正從萬興國小對面的家裡，牽著小鐵馬，踏著堅定的步伐，準備去實現我完成「盲劍客」的夢想、一個心中盤算許久的計畫。

順著二溪路往二林的方向走，經過萬興溪上的萬興橋後，横過馬路，左轉往舊趙甲的小路。放眼望去，路的兩旁盡是一個人高的甘蔗田，連綿不絕，延伸到天際。右手邊是一條寬四米左右的小河，河堤的兩岸，蔓草叢生，水泥的石頭護岸，經過歲月的摧殘、河水的侵蝕，顯得破落不堪，大半都坍陷到河裡去了。濁濁的河水，帶點灰沉的暗青色，依舊清晰可見吳郭魚、鯽魚、土虱悠遊其中。水面上一叢叢的布袋蓮，開著一朵朵紫色的花，莖上附著一坨一坨鮮紅的金寶螺的蛋。

左手邊是一條一米左右的糖廠灌溉溝渠，溝渠旁邊是整排由木麻黃所構成的防風林，一棵棵巍峨挺立，傲視著歲月與風雨，依然生氣不息。風吹過頭髮般的枝葉，發出颼颼聲，替此行增添了不少肅殺的氣息。「風蕭蕭兮，易水寒，壯士一去兮，不復返。」

深深吸了一口氣，告訴自己，「沒問題的。」放開緊握生命方向的雙手，挺直腰桿，張開雙手迎著風，雙腿猛力踩著踏板，接著閉上雙眼，用心去感受周遭的事物。風在耳畔不斷呼喊，落日餘暉溫暖著我的身體，緊閉的雙眼透著一股黑暗的白光，指引著行進的方向。單車在筆直的柏油路面上盡情的奔馳，斑鳩咕、咕的鳴叫，鼓勵著我的前進，這一刻，眞當自己已達到「盲劍客」的孤獨但心明的境界，在一片黑暗中，用果敢、行動與不屈不撓的精神，抵禦著雙眼的缺陷，不向人生低頭。

右手重重拉了一個弓，大「喝」一聲，爲自己加油。隨即而來的是一股不好的預感閃過腦海，ㄟ，應該「有事」要發生了吧！靈魂大聲吶喊，「怕什麼，我呸！」單車抖動顛簸了一下，有種撞牆的阻力橫在路中，整個人騰空飛了起來，飛向生命的缺口。莫非，是我好奇的精神、我的付諸行動，感動了天，讓我「飄」了起來，將化作一縷青煙，隨風而去？

呵，白癡的夢、愚蠢的念頭，沒有持續多久，隨即啪的一聲，整個人重重摔進右手邊的河裡，頭下腳上的斜插入水，濺起大片水花。人醒了，夢也散了，口鼻立刻擠滿了河水，一吐一吸間，進到肺裡。嗆到，猛然跳了起來，咳咳呸呸呸，雙手抹了抹臉，張開眼，環顧四周。ㄟ，我還在萬興，還在要去舊趙甲的路上，沒有墜入時空隧道、穿越歷史、回到群雄爭起的年代。不會吧！呵，「憨人」。於是帶著一身的泥濘，滿布細細血痕挫傷的手腳、撞到石頭腫起一大包的頭，推著前輪變形的腳踏車，一拐一拐踏著疼痛的步伐，向家裡的方向走回去。

（2005/10/02）

狗狗咬上我屁股

怕狗，是從兒時有記憶開始，就深植心中。每一次去同學家，都隨身帶著棍子壯膽，忘記帶棍子時，也會從地上撿顆石頭防身，大部分時候都派不上用場，因爲看見狗，嚇都嚇傻了，還管什麼石頭、棍子。走路時，拔腿狂奔，騎單車時，變成亡命風火輪，不管如何就是一個溜字，在心裡祈禱著千萬別被追上。

第一次被狗咬，是國小的時候。那時多數要好的朋友家裡都有一隻凶惡的狗，在某天下午，心情不錯，騎著小鐵馬，從萬興國小旁的一條小路，想去找同學玩。到他家附近，還特地停下來觀察，看看他家那隻咬人狗在不在、有沒有綁住？沒有任何動靜，便自以爲狗不在了，高興的騎進他家的庭院，忽然聽見一聲狗吠，心裡一急，人和單車一起摔倒，屁股被狗咬了一口。眞是卑鄙，用偷襲招數，痛啊！

第二次是在國中時，因爲腳扭到了，需要去國術館「喬」一下。這家國術館不只推拿出名，另一項特產是咬人狗，這條狗特別的是不會叫。拖著一跛一跛的腳，走到距離國術館約二十米遠的地方，停下來，遠遠盯著咬人狗，在睡覺，脖子上還綁著狗鏈，不禁放下心中大石。躡手躡腳經過時，還特地貼靠與牠相對的牆壁，小心翼翼，不敢打擾到牠，但是，要敲國術館的門時，突然聽見鐵鍊的聲響，同時也感到屁股一陣刺痛，回頭一看，咬人狗咬住了我的屁股，身上還拖著鐵鍊。

千算萬算，還是料想不到，鐵鍊是綁著狗沒錯，但誰說鐵鍊的另一頭一定會固定住？心中浮起三字眞言，忍著痛楚，用力捶門，告訴國術館的良山師，你家的狗會咬人。他是立刻否認，並辯稱他家的狗是如何乖、如何聽話，更不會亂叫去吵到人。聽著良山師的形容，也忘記了痛楚，因爲心裡充滿三字眞言快要爆發。不理會他，只是忍著痛，默默的轉身，讓他看見他家的狗，還黏在我的屁股上沒有放開。回頭瞪了良山師一眼，只見他臉色一陣青、一陣白。

最可怕的一次經驗是在十八、九歲的時候，當天工作下班後，大約晚上十二點多，要從溪湖工作處回外公家。外公家在舊趙甲，如果是走二溪路的話，要繞一大段路，所以都是抄糖廠甘蔗園裡的小路。盛夏的甘蔗園，剛剛採收過，一眼望去，平平的田裡，只有稀落散布一排一排的木麻黃、和遠處點點的房屋。騎著五十CC、車頭燈時亮時不亮、又跑不快的小叭叭，沿著糖廠五分車鐵道旁的小路，穿梭在涼涼的盛夏中。

忽然月光下一閃，一股白影在甘蔗園裡快速移動，並向著我來，心裡頓時涼了半截，使勁加著油門，無奈小叭叭只報以喘氣和放屁的聲響，半點速度也沒有增加，更扯的是，車頭燈竟然選在這種時候罷工。看著白影越來越接近，心裡起了一團毛球，抬頭看月娘，還在，而對面的馬路一片黑暗，只好把任何想到的保佑的話，都大聲喊出來，聲音消失在空蕩蕩的黑暗中，白影還是一直接近，想著不會是八字太輕了，遇上「午神仔」吧！

不知哪來的勇氣，蓋過了恐懼，停下小叭叭，面向白影處，手裡狂舞著安全帽，口中大喊重複的一個字，「看！」慢慢的車頭燈上工了，白影也停在不遠處，雙方僵持著，定神一看，那團白影……竟然是一群狗。心裡的恐懼立時化爲憤怒，撿起地上的石頭、土塊猛扔，像是爲了一吐心中的鬱悶之氣，夾雜幾聲大喊之後，騎上小叭叭，帶著月娘，一路傻笑，回想剛剛自己嚇自己的經過。

（2005/03/19）

鄉村的除夕

哆嗦著身子，雙手來回摩擦，抓抓耳朵溫暖著臉，迎向冷冽的北風，放慢大地的腳步，卻無法安撫一顆焦急的心。竹林擺盪，嘎吱作響，田雞在溝渠裡放聲鼓譟，傍晚的天空，透著紅，帶著灰濛濛的蕭瑟感，不時傳來暗光鳥的啼鳴。我在曬穀場上來回踱步，引頸期盼每一部從交叉路口轉進田間小路的車輛，帶來舅舅阿姨的身影。

路在房前做了個九十度的轉彎，向左側的土地公廟與熟悉的村落蜿蜒而去，站在小路旁的圍牆邊，靠著柱子，雙手緊緊環抱在胸前。昏黃的路燈，使勁照亮著漆黑的夜色，眼前的柏油路，往前筆直延伸，兩旁是稻田與花椰菜圃，經過糖廠的火車軌道，路口右側一百公尺處是新生國小，越過十字路口，舉目所及，盡是甘蔗田與一排排由木麻黃組成的防風林，道路的盡頭沒入夜色的包圍。時間一分一秒的流逝，焦急的心，慢慢轉爲確定，今天，除夕夜，一個傳統上最重要的日子，只有阿公、阿媽與我三個人一起度過。

那一年我十九歲，一個因爲家裡經商失敗，寄住到外公家裡的小孩。一年一年過年，團圓的氣氛是一年比一年冷清。還記得國小的時候，每次到了過年，不管是阿公家、還是外公家，屋子裡裡外外都是好久不見的親戚，忙著煮菜、拜拜、打掃，大人泡茶聊天、小孩打鬧嬉戲，氣氛熱鬧非凡，是一年中最期待的日子。沒想到不過幾年的時光，全變了樣，大家都因為工作、賺錢、忙碌、出遊……，種種的理由藉口，在這個最重要的節日上缺席了。

滿滿一桌子的菜，阿公、阿媽、我，三個人圍坐在飯桌旁，默默的夾菜、吃肉、喝湯，氣壓很低，籠罩在每個人的心頭，有點難捱，想說點話來緩和一下嚴肅的氣氛，聲音卻卡在喉頭一句也說不出來。從阿公、阿媽滿是歲月刻痕的臉上，依然清晰可見那一股難掩的失落感，孩子都大了，出外打拚事業，有自己的一片天地，有自己的打算，兩老守在祖先留下的土地上，日復一日、年復一年的種著不分春夏秋冬、時節更替的田，不怕辛苦勞累、日夜操煩，收成時又賺不到什麼錢，當然更沒有理由或是權利，開口要舅舅們回來種田、回來身旁，因為阿公知道，某、子的生活負擔是沉重的壓力，不能不重視。

坐在二樓的女兒牆上，雙手按在牆頭，雙腿划著萬縷思緒，底下是曬穀場，前方還有右側是成排的竹林，左側越過芭樂樹與龍眼之後，是一片蘆筍田。剛剛電視在演什麼，不記得了，無非是些特別節目，在毫無過節氣氛的現在，虛弱的提醒今天是除夕、是闔家團員的日子、是守歲的時候。不到十點，阿公、阿媽都去睡了，我呢？想出門走走，可是留下兩老獨自在家，心裡總是放心不下，尤其阿公的手，在今年稻穀曬乾、裝袋、過秤的時候，被收購稻穀的販仔，不小心用搭鉤弄傷右手，血，一滴一滴從手背滑落地面，烙印在柏油上。當時，阿公也沒說什麼，用水沖了沖，看了一下，繼續俐落的用布袋針，縫著每袋稻穀的布袋嘴。

陣陣寒風刺骨，手和腳忍不住微微顫抖，不斷揉著鼻頭，吹著酸澀的乾冷空氣，時時呼出一團團白霧狀的思緒，在眼前擴散、暈開、飄移，漸漸化作夜的一部分，沒入寂靜的夜中。到底是怎麼樣的一番景象，造就了目前的困境；什麼樣的定位，污名化了留在家裡幫忙的孩子身上；什麼樣的社會結構發展，形成了最重視家庭生活的鄉下，老人家日日夜夜盼望著一子半孫旁伴左右的心願，成爲奢侈的空思妄想，只有淚與嘆息徒留在夜裡發愁。

化不開的濃稠煩人思緒，像海潮，一波波湧上心頭，漫過沉悶的夜色，淹沒了我。老人家要的絕不是孩子能功成名就、出人頭地，無非是想孩子能夠過得平安、身體健康、順利成家就好。平凡知足，能常常看見兒子女兒，種田回來時，抱抱孫子，逗弄著簡單的幸福與一家和樂，而不是一年到頭，只見一兩次面，匆匆一瞥，連交談都帶著隔閡的陌生感，一切都客客氣氣，毫無情感上的交流與交會。孩子變成了過客，讓人懷疑彼此的關係，也懷疑人生到底爲何？家、鄉下、種田，是不是成了負擔，成爲一項亟欲拋除、甩開的沉重包袱？

到樓下抓了兩把年尾收成的花生，曬乾但沒有煮熟，要當成來年的花生種，準備播入田裡用的。用僵硬遲緩、被凍麻的手，剝著花生，丟入口中嚼著，帶點青草味和甜甜脆脆的澀口。花生殼隨手拋入竹林腳，一切如此的隨性與輕鬆，我很想留在這、留在鄉下，陪伴年邁的外公，可是我是外孫，這根本不是我該留的地方。

無根的浮萍，暫時棲身在緩水處的岩石旁，依附著岩石的庇護，得以稍微喘息片刻。隨著時間的流水朝往何處？對未來，我一無所知，對一切，完全沒有把握，更談不上任何希望，強烈的不確定感，就是表達現在處境最好的方式。

（2005/09/18、24）

請問，哪裡有土石流？

吵雜的蟋蟀，在悶悶的冬夜裡競鳴，唧、唧唧——，好似抗議著台北的夜空，沒有月亮，沒有星辰。沉悶的濕氣，帶點涼意在窗口遊蕩，雨肆無忌憚的下著，不在乎別人的感受，僅只是我行我素的、仔細的、一層一層把人類製造的煙塵廢氣，用雨水洗滌，重新丟還給不懂得尊重爲何的人們。

廣播傳來似有若無的西洋歌曲，預告晚點名就寢的時間，穿過厚重的鐵門，傳入耳中，隨著歌聲，身體輕輕左右擺動，融入樂曲的節奏，還不賴，若不認眞提醒自己的話，還眞記不住自己身陷囹圄，是個失去自由的人。

回想高一的時候，某個無聊的下午，半躺在涼椅上，背靠著枕頭，屈著腳，喝飲料，看電視新聞的報導，說是南投神木村正發生土石流災害。那是我第一次聽到「土石流」這個「名詞」，但這個詞對我來說，只是另一個世界發生的事情，如同電影、戲劇一般的遙遠，心裡的感受與震撼是沒有的，不過卻引起我的好奇。

學生生活是很無趣的重複，我討厭固定不變的生活模式，讓人不知活著為何。日復一日，讀書、上學到底能得到什麼？直到現在我還弄不明白，不過就是大家要讀，我也跟著讀。目標？沒有，壓根都沒想過自己的未來，只能每天向上天祈求，換個環境給我吧！我不想再蹲在父母庇佑下長大、工作、結婚、生子，最後迎接死神的到來，可是想想、只是想想而已，沒有能力眞正去改變什麼。

直到一年多以後，老天眞的應了我的要求，家裡遭逢重大變故，收走一成不變的無聊生活，使我不得不出外工作，賺錢養家。有人問我，難過嗎？重大的打擊承受得住嗎？我和弟弟討論過，家裡大概只有我們兩人是開心接受的。奇怪嗎？並不，如果沒有這次的轉變，那我現在可能在某一個角落裡，整天抱怨著無聊的工作與可有似無的生命。

當下，不知哪來的勇氣與念頭，第一次對自己的人生下決定，明天到神木村去瞧瞧，看看什麼是土石流？事後想想，自己也覺得不可思議。從小就是大人說東，我向東走，大人指西，我就向西行，不曾違背大人的意思，說穿了，就是膽小怕狗咬，只能生存在自己熟悉的環境裡，聽話、乖巧是我的代名詞。但突然間，竟有這個奇特的念頭閃過腦海，連我自己也吃驚不已。不過，生命就是需要嘗試與追尋，人永遠也不知道小小的身軀裡，究竟隱藏有多大的勇氣與力量，當抉擇、機會、危險來臨時，會毫不考慮的向前迎接，不再遲疑。

什麼都沒帶，什麼也都沒有準備，憑藉的只是一股好奇，驅動著冒險的靈魂，順著二溪路往員林騎，邊騎邊抬頭看指示牌，「南投」、「南投」，依稀只記得目的地在南投，至於怎麼走、走哪條路，我是完全沒有概念。過了二水，整片煙田在眼前鋪陳開來，深深吸一口氣，天寬地闊，白雲蒼狗，涼風徐徐，原來這就是自由的味道。塵封的靈魂正慢慢甦醒過來，像越冬的種子，得到春雨的召喚，第一次察覺，這才是我要的生活，如脫韁野馬，加足馬力向前衝去。

過了名間，進入集集，就失去了方向，南投是到了，再來呢？疑問冒出心頭，像泡泡不斷擴大成形。停在路旁猶豫許久，內向、不善與陌生人溝通的毛病顯現了出來，內心眞是天人交戰，難以啓齒向別人問路，畢竟有個障礙在。至於是什麼障礙？當初自己搞不清楚，現在回想起來，就是怕丟臉啦！小家子氣，上不了檯面。躊躇老半天，決定去便利商店買東西，順便問路，這樣理由比較充分，不像在路旁隨便捉個人來問那麼突兀與彆扭。

青箭口香糖、七七乳加巧克力、礦泉水和養樂多，手拿著、嘴咬著，腋下還夾份報紙，活像棵聖誕樹，左搖右擺，慢慢繞起圈子。東西是選好了，可是要如何開口呢？停在冰箱櫥櫃前，反覆在心裡練習，確定自己的問題內容：「ㄟ，請問一下神木村怎麼走？」、「最近有下雨嗎？」、「看得見土石流嗎？」種種無厘頭的提問，正在心頭盤旋。慢慢走到櫃台前，鼓起勇氣，強做鎭定，面容僵硬的結帳，請問路該怎麼走？店員三言兩語就指明方向，消除我的疑慮，走出店門，鬆了一口氣，沒這麼難嘛！都是自己想太多了，明明只是問個路，準備得好像是在赴義似的慎重，還幫自己做心理建設咧。也難怪啦，長那麼大，還是第一次單獨離家那麼遠。

天空飄起了毛毛細雨，好預兆，代表看見土石流的機會大增……。當時幼稚的我，一心一意只想看見電視新聞中的場景，來滿足自己的好奇心，不曾理解到，除了自己，還有別人存在，更體會不出，一股摧毀家園的力量，正在附近山區橫行，這股力量奪去的可能是生命，可能是一輩子辛苦建立的家，可能是工作、謀生所倚靠的聯外道路或橋樑，可能是從小的回憶……，太多的可能，只是當時我還不懂。

抬頭發現岔路旁有一支造型奇特的「物體」，吸引我的目光，非得去瞧個明白不可。停下來，研究這支直徑約十公分、圓形鐵製的柱體，直挺挺的、大約有一百五十公分高，上面掛了十個白鐵製的信箱，各鑲有門牌號碼，其中幾個還斜插著套了透明塑膠袋的報紙。柱子的最頂端，有一個香菇造型的遮雨板，地上四周放了一堆鼓鼓的紅條紋塑膠袋，裡頭裝著肉、菜、洗衣粉……等不同的百貨與日常生活用品。

ㄟ，門牌不是應該釘在大門的上方嗎？怎麼會集體逃家，跑到這個三不管地帶來，和一根醜醜的香菇造型的鐵柱發生關係呢？這就有點難懂了。莫非？莫非？見識還不到，猜不出來。地上的菜，要賣也不可能這麼少，要丟掉的話，也不會一袋一袋打包整齊裝好。奇怪？怎麼和我生活的環境差那麼多，認知上有一段不小的差距。像我家附近，不管是菜頭、高麗菜，還是花椰菜，都是一箱一箱裝好、過秤，寫明田主與重量後，才搬到馬路旁放置，等待菜販來收，這裡怎麼不一樣，傷腦筋，難道像「奉茶」一樣，供給過路人？

呵，被自己的白癡念頭弄得有點哭笑不得。出外工作後，有機會住到關西、霧峰等地才曉得，那是山區特有的特色。山上人家可能幾個山頭才有一戶，每家都送信，那郵差不就累死了；菜車也一樣，每家都跑，不是跑斷腿也賣不到什麼東西。於是，不知是哪個聰明的人發明這招，既簡單又方便，集合附近的住戶，設立一支門牌柱，拿信、買菜一次包，也顯現出山裡人的善良與彼此相信，擺著就擺著唄，怕什麼，不用藏不用鎖，東西也不會不見或被偷。

在山區的產業道路繞啊繞，鬼打牆似的，怎麼每一條路，每一座山都長得一樣！轉到頭快暈了，還找不到土石流在哪，積了滿肚子的悶氣，沒耐性的壞毛病又犯了，索性把摩托車往路中間一停，橫擺，就不信沒有人會停下來問問是什麼情況。這招問路法，夠欠扁吧！拿出麵包啃了起來，喝養樂多塡飽飢餓的腸胃，補充一下能量，不能餓，一餓脾氣就來，開不得玩笑。

但沒人來關切，只好自己又四處去逛逛。見遠方百公尺處有一戶民宅，建築在河道邊，房子的地基拔起河床大約有一層樓高，湍湍濁濁的河水，順著光滑的水泥坡坎，向下游狂奔而去，紅色鐵皮屋前，停放一輛白色吉普車，好像還有養狗，那是我最怕的，還好隔了一條河，距離夠遠，量狗也游不過來。

繼續東瞧西瞧，看見路旁的香蕉田入口處立了一塊牌子，寫明是什麼地方、什麼農會和第幾產銷班，巡視一下，嗯，只見香蕉樹，不見香蕉，來得不是時候呵。百般無聊，只得回到摩托車處，拿起報紙隨手翻動，看有什麼有趣的新聞，沒有，無聊、眞無聊，土石流沒看見，又迷路被困在山裡。

算是出師不利嗎？第一次探索人生的旅程，就踢中了石頭，跌一跤倒是沒有，不過好奇白目的個性，就是會找踢中的石頭，仔細的、再踹一腳試試，看是石頭痛，還是腳痛？當時連怕的感覺都沒有，因爲不知道要怕什麼，所謂瞎子不怕槍，就屬於這種吧！躺下來，望著有點灰又不時飄過幾朵烏雲的天空，竟然睡著了。

朦朧間，好像感覺到地在動，不是地震，而是坐在火車上直直往前的感覺，一個翻身，整隻手臂掉進洞裡，喂、喂、喂，怎麼可能？該不是作夢吧！緩緩起身，發現這次換半邊的屁股陷進洞裡，幹，開玩笑是不是？揉揉眼，本來擺正的摩托車，現在正「三七步」斜立在一旁，環顧四周，產業道路的柏油路面，正出現一條寬約十公分的裂縫，嘿嘿嘿，興奮的咧，心中充滿好奇與問號。

路面像是沙堆，底下迅速被掏空，正一點一點的出現裂痕，慢慢擴大，朝河邊滑移。最外圍靠近河的斜坡，一叢叢芒草，夾雜著石塊與泥土，正分崩離析的滾落河裡，碰的一聲，濺起無數渾濁的水花，像有一隻無形的手，正在慢慢、慢慢撥掉一塊塊蛋糕，塞入河的嘴巴裡，一口吞下，連個影也不見了。

跑嗎？並不，只是更加好奇，想接近崩落的邊緣，嘗試瞧清楚狀況爲何，人生難得的經驗，怎麼可以退縮呢？渾然忘記危險就在身旁，心中泛起莫名的衝動，難道這就是土石流？太年輕，年輕到連死亡的概念也沒有。

滿足好奇心後，心裡空空的，順著大水離開淤積的淺水處，重新漫遊，看見一台爬山虎，山上常見載水果的那種，速度只比走路快一點，不過卻很夠力、很耐操。車上坐著一位和善的老伯，順道把我和摩托車載到村落的岔路口，簡單對談，「謝謝」、「這幾天一直下雨，山上很危險，趕快回家」、「我是想來看看土石流長什麼樣子」、「有什麼好看的，危險得要死」、「好奇啦」、「天要暗了，騎車卡小心咧」、「多謝啦，謝謝」。揮手道別，人生旅途中，有太多只見過一次面的朋友，讓你無法忘記，不是他對你特別好，或其他理由，只因他在對的時候出現，交會落入記憶中。

順著路望過去，前方不遠處聚集了一群人，好奇心又勾起我的求知欲望，來去瞧瞧，只見滾滾黃水夾雜著石頭，漂流木與落葉雜草向下游怒吼，奔騰而去。河的兩岸都站滿人，不過「橋」已消失，定睛一看，嚴格來說，是橋面不見了，只剩橋墩孤伶伶的矗立在河中，接受氣勢磅礡的河神的洗禮與考驗。

一河之隔，猶如兩個不同的世界，感覺好像柏林圍牆，明明是短短的路程，平常只要幾秒就能通過的距離，現在卻像生死相隔一樣遙遠。不過感嘆沒在心頭維持多久，目光立刻被他們渡河的方式所佔據。在河的這頭，一條鋼纜綁在水泥樁上，鋼纜的另一頭是對岸的一棵大樹，要渡河的人，身上得綁好繩子，掛上滑輪，並在腰部後方繫上一條確保繩，「不怕一萬，只怕萬一」，準備就緒後，由河對面的人收拉確保繩，把人送過河，胖一點的人還可以在河面上表演蜻蜓點水之類的水上漂功夫。

白目的我自然躍躍欲試，興奮的心，讓我整個人快飛起來了，不過，心裡突然打個「突」，算了，不是害怕，而是有點領悟，在別人的傷口灑鹽是不道德的，把自己的快樂建築在別人的痛苦之上，那高興有何意義？雖然我的見識不夠，但我知道、我明白別人正在爲生活而努力，不是在玩。長那麼大，第一次對自己以外的事物產生關心，發覺二手資訊所得知的事，遺落太多，而走出去，才能了解世界的面貌，不只是間接的資訊，更是親身的體驗。

（2006/01/14-17）

【第二章】當過兵的男人

燕秀潮音採海芙蓉

兩個無聊又對自我生命力量充滿好奇的人，一個叫做「找死的」，是我最要好的朋友，另一個叫做「想死的」，當然是我，合稱打混二人組。

慢慢走向放置山訓裝備的庫房，問題是，庫房就會上鎖，但是千防萬防家賊難防，更何況家賊還是庫房的管理人。其實說賊，是沉重了點，講借用比較順耳，又不是不還。

從庫房取出兩捆五十米的編織繩、兩個D字環、兩個8字環、兩套馬克十七（綁在兩腿和腰之間，繩索下降時使用），半蹲半趴，摸上東引的「燕秀潮音」。這裡的地形像口井，直徑大概二十來米，深有幾十米左右，眼睛霧霧、操課時常跑步經過、有懼高症的我，很難眞正去了解有多深。洞裡的水，會隨著海潮的變化而改變，潮起潮落時，透過岩石縫發出的聲響，成了地名的由來。四周有步道環繞，長滿一種少見的植物，名叫紫檀。

有人說過，快退伍的人，八字總是比較輕，碰上嘴硬又皮的人，這樣的說法是容易得到證實的。人們常比喻，所謂懸崖邊的花朵，需要什麼樣的勇氣才能去摘取？問題太深，不予以研究，因爲我們的目標是海芙蓉，不是花，是種草藥。

先觀察好目標，選定位置之後，在步道的欄杆上綁好編織繩，穿好裝備，理所當然由「找死的」先攻，我做確保（確保死了有人收屍），聽名字也知道先後順序。

只見他慢慢走下一小段的斜坡，途中跟人同高的紫檀阻礙著他的步伐，像是麥田捕手，守住每一個衝向懸崖的小孩，但世上有一種叫做白目的人，是不會理會的。幾分鐘後，只見他手上握著大把的海芙蓉，像是戰勝的雄獅，在風中，左右搖擺著頭上的鬃毛，得意的，只是表情有一點複雜。

說不怕是騙人的，說怕嘛，倒也未必，所謂好奇可以殺死貓，更何況是我這種好奇寶寶，想知道自己的極限在何處，不行也得行。

一步一步走下斜坡，撥開擋路的紫檀，忽然右腳一踏空，左腳滑了一跤，整個人撞到邊坡與懸崖的交界處，這就是緊張加上綁的是座位式結的關係。人面向繩子，不時要向後瞧，心神一恍，忘了，好在身體還堪得住。

左右兩旁都是海芙蓉，拔得正高興，回頭一瞧，對面有人看向這邊。人總是逞強又愛面子，怕的是丟臉的事，全被人看在眼裡，卻很少考慮一下自己的處境。

海芙蓉放好之後，左手把繩子繞到身後，右手順勢將之紮緊於腰，然後兩隻手張開，像擁抱大地的姿勢，人站立於邊坡下微凸的岩石上，與地面成四十五度角，腿一彎，用力的跳躍出去，凌於空，像飛鳥一般，底下是深幾十米的洞底（忘了看清楚，是退潮）。雖然一躍只是短短的一秒鐘，幾次後立定，向對面的人看了一眼，放開繩結，撿起海芙蓉，看似鎮定的慢慢走上去，但其實腿已經軟了；哎，人眞的不可以愛面子，會害死人。

（2005/03/03）

野戰醫院，鮮血流出一朵花

猶記得二〇〇〇年端午節前四天，天氣涼爽，海風浪濤哭夭的黃昏時分，地點在東引的「燕秀澳」，身穿迷彩服、數饅頭的大頭兵我，全身發燙，頭昏眼花，天懸地轉，一腳一步都像踩在棉花上似的虛軟飄浮。爬上悍馬車，準備去野戰醫院，讓軍醫好好練習一下醫術。

沒想到，生平第一次到醫院看病，遇到的護士竟然是男的，男的耶，著實在我冒花的腦袋瓜上，再加上沉重一擊。小護士跑哪去了，想哭啊！溫度計一測，三十九．五度，看了看四周的陳設，後悔了，還是回去躺在軍營的床鋪來得舒服。回途中，泛紅的天空劃過持續的雷雨，一度還以爲是中國大陸打過來、使用照明彈所形成的效果，心底，是敲了一陣響！

近二十分鐘不間斷的閃電，一束一束，清晰明亮的遊走雲間，在大自然的力量下，人是如此渺小又微不足道，任何的形容詞，都不足以代表我心裡的激動，簡直是「奇蹟」呀！我知道這個詞老套，但卻是最恰當的比喻。

眞得好好謝謝感冒來糾纏，讓我有幸目睹大自然的偉大，之後回台灣曾特地上網搜尋，得知看到的是「藍色精靈」，一種自然界的現象。呵，賺到了，換個角度想，有時生病也不見得是壞事。不過那天回到軍營後，皮在癢，拗不過想吃冰的欲望，決定拚了。悍馬車再度發動，載我去野戰醫院，不再只是檢查、拿藥如此簡單的程序，而是他媽的在我左手臂打了一針。看到針，差點沒昏倒，還好頭趕快撇過去，不然這個臉可丟大了。

到端午節前兩天，外頭下著滂沱大雨，仔細清洗塵世的污濁，從早到晚，不見緩和或停歇，我整個人則是黏在床鋪上動彈不得，像被高手點穴般，連抬起小指頭的力氣都沒有了。雨，淅瀝瀝，隨著大自然的節奏快樂的下著，有點因禍得福的幸災樂禍感。

因爲外頭有個腦袋瓜當機的傢伙，正在這蕞爾小島演出一齣逃兵記，眞不會選，在鳥不生蛋、烏龜不上岸的鬼地方，跑個屁啊！這裡離琉球比台灣近，坐船回台灣要十來個鐘頭，想逃，除了長翅膀外，只剩作夢。

旅部發布「雷霆演習」，停止一切休假、訓練，動員全島搜尋，連上除了衛哨與木頭一般的我，全部都在外頭，享受大地雨水的滋潤，變成一隻隻口帶髒話的落湯雞。

至於我，當晚再去看醫生，還是一樣三十九．五度，沒有改變。一度懷疑自己是不是棉被裏得太緊、包太多件，身體悶熱所造成的加溫效果，不過醫生回答，那不會影響到測量的溫度，於是，理所當然又挨一針。

然後端午節前一天，吐著舌頭，呆望海，全身無力虛弱的待在防波堤，整個腦袋沸騰似的，眼前每一樣東西都在慢慢扭曲旋轉又復原，不斷重複著。到了野戰醫院，不用再考慮，直接住院。

隔天一隻手扎著針，一隻手拖著點滴架，踩高蹺似的一腳高一腳低，搖搖晃晃去拿自己的早餐。他媽的，跟我想像中既舒服又快樂的住院情景，實在相差十萬八千里，沒有小護士的陪伴兼細心照顧就算了，連吃個飯都得自己搶，若走慢點，連吃都省了。

住院就是無聊，時間多到不知該如何打發，身上又沒有「蝨母」，不然抓幾隻來相咬也是不錯的選擇。看著手臂的針頭，順著軟管連接到點滴瓶，忽然有股好奇的念頭，伸長手臂，把控制流速的開關切到最大，一股涼意，從左手肘處，流入體內漸漸擴散，不到一會竄滿全身，身體不禁打了個冷顫。呵，皮在癢是不是，手賤到一個地步，連這種事也在玩，找死是不是？好奇啦！好奇。沒書看，隔壁病友又不健談，時間緩慢溫呑的一秒一秒爬過眼前，實在有夠無聊，對愛講話、靜不下來的我而言，是種嚴酷折磨。

腦袋瓜搭錯線般，左手又一用力，血慢慢從手臂流入導管，鮮紅的血液，混在透明的生理食鹽水中，漸漸化成一朵朵紅霧，擴散開來，猶如嬌豔的花朵，綻放在初春廣闊的大地上。生命之泉，只在受傷時短暫看過，還是第一次這麼直接、明白又仔細的正視它的存在。血順著軟管，一步一步往上攻，在快要接近點滴瓶時，瞬間放鬆用力過度的手臂，血液受到重力影響及食鹽水的擠壓、驅趕，又慢慢順著軟管流回體內。整個下午，重複玩著這無聊的把戲，也沒什麼心得，只是無聊、無聊而已。

隔天有個問題縈繞在我心頭，久久不散。這個男護士，到底會不會？有沒有執照？技術有點爛，當我是假人是不是，找不到血管，卻一直胡亂扎針，好像我不會痛似的，一次不行再來一次，我是氣到想踹人，怕針怕到不敢回頭，一陣手忙腳亂之後，老天保佑，終於搞定了。狠狠瞪他一眼，想罵個幾句，算了，累了，省點力氣來養病得好。但手臂扎針處，竟慢慢鼓脹了起來，像吹氣球似的越來越大，也越來越刺痛，好像快要爆開，令我傻眼。

哇拷，帶著張大便臉、兼噴火的神情，去請教醫生，他看了看狀況，隨手拔出針頭，再任意插回去。喂！敬業點，雖然我是別人的小孩，但也是人好不好！頭頂飄來層層烏雲，烏鴉緩緩飛過眼前，想問的是，「你在表演金針扎穴的絕世神功嗎？還是你只是路人剛好經過？」醫生說：「剛剛沒有扎到血管，現在可以回去休息了。」我眞想破口大罵，不過看著慢慢消下去的腫脹，不知該說什麼好，好像有那麼點道行在，看不出醫生是深藏不露的高人。

又住了一天，無所事事的空氣瀰漫整間病房，無聊的舉動，已經懶得再去重複，情緒毫無波動起伏，面容僵化、一臉呆滯，沒有笑的理由、哭的想法。生氣離我遠去，望向窗外的藍天，風在吹、雲在追、鳥在飛，直到天色泛黃，透出黑墨來。

著實浪費了一天的生命，並沒有過得比較差，或是感到虛擲，只是發呆、發呆而已。但不幹事，光躺在床上，也是很累人的事，一根根骨頭鬧分家似的不聽使喚，要不是爲了想上廁所，勉爲其難的重新拼湊起來，還眞懶得在這睡意正濃的時刻，離開可愛的床鋪。

起床時突然手臂一陣刺痛，眞要命，差點忘了自己是病人，手臂的針還黏在點滴架上，好在反應夠快，趕緊扶正傾斜搖晃的點滴架，沒讓它倒下來擊中我的頭。

又躺回床上，聽著窗外海風嘶吼鬼叫，不遠處的海灘，傳來陣陣海濤撞擊岩石所產生的隆隆憤怒。直覺不平靜的夜，將有事發生，心頭一震，一聲若有若無的尖銳槍響，掃過令人窒息的夜晚，在空氣中迴盪著不肯散去，一股弔詭的顫慄感，正慢慢從土裡冒出頭來，聚集、醞釀、擴大，進而籠罩這個小島。

救護車的警笛聲，尖銳地劃開層層堆疊假象的平和，在看似寂靜無事的小島上爆發開來，想是有人吞槍自殺了。是什麼樣的壓力、什麼樣的難題、什麼樣的念頭，會使一個人走上這條路？死能解脫嗎？我不知道，更談不上經驗。世間有太多的美好、太多的事情，等著我去認識與經歷，所以我不會拿自己的生命去開玩笑，只知道這麼做，會在某些人心裡，留下永難磨滅的傷痕。

雖然傷痕會隨著時間的沖刷，漸漸淡忘，但絕不會消失，而是躲到內心深處，在某個時間地點，附在某件不相關的事上，也許，又會突然從記憶的裂縫中，蹦出來咬人一口。

（2005/08/04-06）

命運在手，失手就免談

一

手心不斷冒出大量的汗水，黏黏糊糊的很不舒服，雙手交替反覆來回的往褲管抹去，額頭也滲出一粒一粒汗珠，濡濕了小帽的邊緣。整個身體熱烘烘的、像火爐般旺盛燃燒，不安的躊躇被亢奮的情緒所掩蓋，積累的意志力，持續增添著腎上腺素的分泌，讓整個人的觸覺、聽覺變得奇特靈敏，像是身體與靈魂分了家似的，外在的一切感覺、風聲、蛙鳴、波濤聲、談笑聲……都呈現相同的頻率與音質，簡單而清晰，進到耳裡都化作陣陣沉悶的回響，近而遠、遠而近，一切變得怪異不同於以往。

摘下小帽放在手中把玩，順著帽緣不斷的修整捏平，顫抖不已的手，透露出內心的緊張與猶豫不決。狂傲且無視於萬物的北風，挾著強韌與十度左右的低溫，在東引這個蕞爾小島上，盡情的放肆作爲，顯示他的威力與態度，譏笑人間一切愚蠢的儒弱與無可救藥的奴隸性。

伸手拉開胸前外套的拉鍊，讓冷冽刺骨的寒風，灌入火熱面臨失控的理智與判斷，在內心深處不斷提醒自己，「冷靜、冷靜、靜下心來，」深深吸口氣，慢慢吐出白霧般的熊熊怒火，「不可爲了一件『小事』，一個無關緊要的『機車人』而毀了自己的一生。」想、思考，事情一定有解決的辦法，衝動是蠢人的藉口，定靜安慮得，切忌魯莽行事。

跑——可笑的念頭與想法，不思解決，只想逃避，沒用的東西，在這個小島能跑去哪、躲到哪？光從基隆搭金航輪到東引，最少也要十來個鐘頭，想游泳？看是餵魚還差不多！拜託來點實際可行的方法好不好，要搞笑的話，等事情處理完再來，不要再有逃兵的念頭。

繼續忍耐？承受機車學長的欺負與壓迫，默不吭聲，當作沒這回事發生？不可能，軟土深掘，就是放太軟、不懂得說出來表達自己的立場，才會造成今天難以收拾的局面，而且跟一群只顧自己、不肯團結的同期來說，無疑是噩夢的持續，並不會停止。自認算是很好相處的人了，只要別人不要太過分，逾越我所設下的最後底線，吃點虧都無所謂，盡量以和爲貴，能忍就忍，「不過，忍無可忍，就無須再忍……」呵，這是電影的台詞。更何況對方是六十四期的學長，自己是六十六期的學弟，他們是如此團結一致，反觀自己的同學呢？唉，不提也罷，令人傷心啊！感嘆人性的自私。

喝酒我是眞的不行，逼我也沒用；賭博我也不會，更不想學，那是我自己的原則問題；借錢，只要我可以的範圍內，借了不還也不要緊，只是機車學長，不要藉口那麼多，欺負人就欺負人，講什麼「傳統」就是如此。

我只想好好當完兵，退伍之後好好工作，平順度過這一生，何必大家搞得像仇人似的，關係緊繃到無可挽回的地步。翻臉了，是誰也佔不到好處的，並不是每個人都是軟柿子。說到你朋友假日的時候，到營區找人賭博，只是表達而已，並沒有瞧不起人的意思，也沒有故意要讓你在朋友面前難堪，何必生那麼大的氣，一定要我走著瞧，處處針對我，找我麻煩。我也不是那種束手待斃、任人欺負宰割而不還手的可憐蟲，只是不願意鬧事而已，不要逼我。

二

我現在身處東引的燕秀澳，晚間八點多，職業是數饅頭的大頭兵，一個剛到島上不久，菜到不行，又被學長刁難欺負到走投無路的可憐蟲，連人的尊嚴都沒有，眞是叫天不應、叫地不靈的心酸處境。學長學弟，只不過是先來後到的差別而已，何苦爲難我啊！逼死我對你有什麼好處呢?不解！

雖然依法老兵欺負新兵，新兵可以申訴，不過營上有項「傳統」，衛兵站哨時，安全士官長可以帶去衛兵做體能訓練，此時若學長有「需要」、想修理學弟，就是最佳時機。正常來說，一次做完單槓十八下，雙槓五十下，一百磅躺舉五十下是基本餐，如果一次達不到，增加多少就要看學長的心情了。要是遇到機車或是找麻煩、專挑人毛病的學長，八寶飯、十全大補湯……整人的招數不勝枚舉，想都想不到的方法也有，一趟做下來，兩小時站哨的時間都過了，你還在做操呢。跟你交接的衛兵，連吭一聲、喘一下大氣都不敢，更別提抱怨或是贊聲了，因爲，要是他有「反應」，那等他交接下哨時，二、三、四……個鐘頭的體能是跑不掉的。我X，什麼爛手，結訓時有金門、馬祖、澎湖你不抽，偏偏抽中這個鬼地方！抱怨也是枉然無濟於事，還是想法子解決比較實在啦！

背脊整個貼在哨所的牆壁上，右腳反弓，用皮鞋不斷踩踢磨蹭著已經斑剝掉漆的迷彩牆面，抬頭仰望天際，燦爛美麗的星空，不受光害的侵蝕同化，盡情在這個化外之地、美麗的樂園，展現她嬌嫩開朗的容顏。對比我現在的處境，眞像是住在桃花源裡，卻飽受癌症末期病苦纏身折磨、需要安寧療護的重症病人，一樣的無奈與嘆息。除了疼痛，身旁一切的美麗與幸福，都無法體會與品嚐，滿肚子的苦水，眞是無處宣洩，也無人願意傾聽。流星拖曳著長長的掃把尾，慢慢劃過星光閃爍的夜空，也在我心口劃出一道傷痕，流淌出血來。

我很害怕，但是害怕卻不是我現在該擁有的念頭，此時此刻需要的是解決事情的方法。左思右想，反覆衡量，實在沒有什麼好方法，兵行險著，唯有放手一搏才有一線生機，也才有脫離苦海、掙開束縛的可能，不再日日夜夜恐懼、害怕、擔心、煩惱。可是如何踩在鋼索上而不翻船、墜地呢？這得好好想一想、思量一番，衝動不得，所謂一失足成千古恨，再回首已百年身，得好好計畫、評量、權衡得失利弊才行。

問自己，要是再被欺負會如何反應，難道眞要忍到六十四期退伍，噩夢才可以解除？可是長夜漫漫，時間是如此的難熬，所謂度日如年，眞是嚐出味來了，就算地獄也比這裡好過、涼多了吧！最少沒有如此機車的人。

想來想去，最後一條路，退此一步即無死所，放手一搏，拚了！難道我怕是不是？對，我是「俗仔」，我眞的很害怕，不然心也不會碰碰的直跳，想穩也穩不住。一陣自己對自己的插科打諢，稍稍緩和了緊繃的情緒，伸腳踢了踢地上的碎石子，看著碎石往前飛奔而去，思緒也漸漸拉長，只求容身之處，眞的如此困難嗎？

要如何才能掌握主動，佔據有利的位置？要如何反應才能控制全局，左右事件的發展方向？學長一定是怕死的，這點可以確定，誰也不願意平白無故爲了一點「小事」而犧牲掉自己的性命，太不值得也太蠢了。但他會不會突然抓狂，失去理智，不顧一切的反擊？嗯，不會，量他沒那個膽子。至於連上大家的反應會是如何？怪獸連長會不會把我送軍法審判？嗯，有點顧忌，不過機率不大。軍中就是如此，多一事不如少一事，少一事不如沒這回事，義正詞嚴，睜眼說瞎話才是保身之道。沒有出大紕漏的話，應該會全身而退才對，只要不要鬧太過火，超出了界線。心中的盤算，不斷重組，如同抓漏的土水師堵住每個可能的缺口，計算各種可能的情況與處理反應的配套措施。汗慢慢停了，頭腦也冷靜下來，左手握拳，用力搥打右腳外側的大腿，幫自己加油、打氣，「不要害怕，相信你自己，你可以辦到的，運用一下你的腦袋，最好的『點』在哪，突刺問題的核心，才能取得關鍵的成果。」

有意無意瞄了站在對面哨所的世雄，仔細上下打量，他和我同樣都是六十六期受訓的人，可是，又可是……搖搖頭，算了，要有人相挺，作夢吧！只見他一雙眼睛瞧著廚房的方向，自顧自的打磨消耗這無聊的站哨時間，周圍一切並沒有任何的改變或更動，我的情緒波折起伏、百轉千折，並不影響到地球的運作，連對面的世雄也沒有絲毫察覺到我內心的變化和所下的決定。廢話！他又不會通靈式心電感應，自己沒說、沒講、沒表示，他怎麼知道我的心裡已轉過數千個念頭。

今天，命運成敗就掌握在自己手裡了，失手就一切免談。

握住槍背帶，把步槍往後一甩，成背槍的姿勢，慢慢深呼吸一口氣憋住，左手打開腰間的彈袋，拿出五加一的彈夾來。所謂「五加一」就是五發銅鉛合金的實彈，一發梅花嘴的空包彈。拇指抵住空包彈的屁股，用力往前一推，頂出來，放在右手上，手掌化拳緊握著，感受空包彈的冰冷、氣息、能量。過一會，冰冷慢慢溫熱了起來，也湧出堅定的意念，用食指與拇指捏住空包彈底部的凹槽，對月亮一比——命運，我要掌握在自己手上，不再受人欺負與壓迫。

三

緩緩吐氣，細而漫長，可是壓抑不住劇烈跳動的心，手顫抖得像是酒精中毒的酗酒者，完全不受自己掌控，×的，在內心不斷提醒自己，「鎖定、鎖定。」把空包彈放進口袋，特地拍了拍確認一下，空包彈在不在、有沒有掉到地上，從現在開始的一切事情，都不是開玩笑了。

左手撐住哨所的牆壁，右手握住彈匣，縮起左小腿置於右腳的膝蓋處，用彈匣去敲擊皮鞋的底部，爲什麼呢？因爲要讓彈匣裡的子彈可以平順排列，上膛時才不會產生卡彈的蠢事。一切如此的有條不紊，照著該有的節奏，平順的放歌，踏上人生另一個旅程，既然下定決心，那就沒有回頭的空間，有股壯烈犧牲的勇氣浮上心來，除死無大懼，那不怕死的人，還在乎什麼？

肩膀用力，順勢把步槍甩到面前伸手接住，彈匣往給彈口一送，用力一拍，卡擦一聲，卡榫已經扣合彈匣，剩下上膛的動作了。手握住板機部，槍口朝下，左手食紙、中指扣住拉柄，猛然往後一拉到底，瞬間一放，機槍推送子彈進入槍膛，完成閉鎖。鏘，尖銳的槍機撞擊聲，在燕秀澳這個美麗的地方，慢慢凝聚、漸漸擴遠散去；退無可退了，將相本無種，男兒當自強。

同梯的世雄被這突兀的尖銳聲嚇醒似的，神遊的心也回到了身體，張開口，一臉疑惑拋向我，眼神銳利而又渙散，想問卻不知如何開口，整個人呆立，像被震懾住了。我呢？不理他，因爲跟他沒關係，他也幫不上忙，而且現在的場合，連我自己也不知跟他說啥好。

索性照著自己的計畫走，逕自轉身，進入哨所，伸手去按裝在牆壁上圓形白色中間一點紅的電鈴，「鈴……」一陣尖銳的鈴聲，劃開了寂靜的夜，爲接下來的行動拉開序幕。機車的安全士官從保養廠跑了出來，站在柵欄旁，急促大聲的問：「什麼事？」他站的地方離哨所約二十公尺，漆黑的夜分不清彼此的容顏，只見黑黑的一團人影。強勁的北風分散了聲音的傳遞，世雄忽然想起什麼事情似的，斷斷續續的話語夾雜著恐懼的成分，說著：「楊……儒……門……你……不……要……衝……動……有……事……好……好……講……不……要……這……樣。」我回頭瞄了他一眼，平靜肯定的回答：「沒你的事，放心，我不會對你怎麼樣。」

機車學長還是一動不動的留在原地，大喊：「做什麼？」我冷冷回應：「我有事要告訴你。」只見他一副痞子模樣，縮著身子抵禦著寒風的吹襲，不爽似的、蹭著皮鞋在水泥地上踢踏著鞋後跟，發出「擦擦喀、擦擦喀」之聲，入耳如鐘響。我內心不禁緊張起來，攤牌的時候到了，第一句話該說什麼？該大聲質問，還是理性平和的交談？一團黑影，慢慢順著車道走上來，模糊的影像漸漸清晰，臉上的五官也逐漸可以分辨。

就是這張討厭的臉，欺凌壓迫我的自由與尊嚴。深深吸了口氣，告訴自己，「楊儒門，是非成敗就看這一刻了，提起你的勇氣來，向你的敵人豎立起反攻的旗號，奮勇向前絕不退縮。」

機車學長還差七八步就到面前的時候，突然世雄喊了出來，急促而短暫，「安官，不要過來，他的槍裡有子彈！」機車人頓了一下，像是沒聽懂似的繼續向前跨了兩步，轉過頭去瞪視著世雄。世雄整個人像被電到，隨即侷促不安起來，漲紅了臉，右手水平向前直伸，左手不斷揮舞著，像在警告又像提醒，直向機車人打手勢比動作。月光映在他身上，在他身後曳出一道長長糊糊的身影，如同他的主人一般，惶惶不安，微微隨風哆嗦著。傲慢的北風，冷眼旁觀事件的發展，不時發出訕笑的話語，諷刺著人間的無知與不知所謂的衝突。

靈魂抽離了肉體，世界爲之解脫，彷彿此刻所發生的事情，都與「他」無關似的，懶懶的躺在印度紫檀的樹叢軟枝上，數著天上的星星，低聲吟唱生命的歌曲，一派恬靜閒適，享受自然的擁抱。但是我不能，因爲肅殺的氣氛，正籠罩在三個人的頭上，像欲雨的烏雲，令人煩悶，卻是半點也輕忽不得，哪怕是一個小差錯，如錯誤的肢體訊息、或是不經意咳嗽、彎腰、抓癢……都有可能造成無可彌補的致命失誤，人生的戲碼就此謝幕……

四

緊繃的神經，只聽見自己的心跳聲，碰碰碰。過了一會，緩緩回頭，目光銳利的掃過眼前的機車人，頭一點一頓，充滿挑釁與表達深深不屑的、蔑視著讓自己吃盡苦頭的機車人。世雄再度出聲警告：「我剛剛看到楊儒門把空包彈拿下來，放到口袋裡了。他的槍有上膛，槍裡是實彈、是實彈，而且他有開保險。不要過來，趕快跑、趕快跑。」

機車人似懂非懂的看著我，完全沒有反應能力，深鎖的眉頭質疑我會不會真的如此做？疑問在他心裡拉鋸著。而我倆的距離，只有短短不到五步左右。緩慢而堅定的、一字一句吐出心中的不滿與壓抑，「過來一點，我有事要跟你談，不要轉身跑，我不想從你背後開槍。」

機車學長整個人都愣住，像是聽到天方夜譚似的、不可置信，還是他壓根也沒想到，一個平常那麼容易欺負的人，今天會起來反抗他。他露出一臉驚訝，不知回答什麼好，一副想逞強又提不起勇氣的模樣，看了真令人想發笑，也不禁生出悽惻感。一個平時多麼威風、老喜歡欺負別人，對學弟盡其所能冷嘲熱諷、不可一世的傢伙，現在卻像隻看見貓的小老鼠，只有待宰的分，完全沒有還手的能力，也不敢還手。唉，人到了生死關頭，不怕死都是騙人的啦！只敢欺負沒有反擊能力的人，真正遇到事情的時候，表現卻如此怕死畏縮，沒有絲毫的氣概與應變能力。

「所有事情，全部攤開來講，現在一起解決。你要我賭博喝酒，我是眞的不行；你朋友來的時候，並不是我要故意讓你難堪，拒絕你賭博的提議；借錢也是，你借去不還沒有關係，不過你實在欺人太甚，太過火了。我們有什麼深仇大恨，你非得處處針對我不可？逼死我，對你有什麼好處？要耍流氓的話，你不是我的對手，我可以找人在基隆碼頭堵你，直接在港口收拾你，可是我不想麻煩別人，更不想拖那麼久，現在給你時間，馬上裝子彈上膛，跑的是『俗仔』，不敢的也是『俗仔』。」

一字一句擲地有聲，積存在心裡長久的不快、不爽，毫不保留的一股腦全泄了出來，登時滿腹的陳腐委屈，全部清空，整個人飄飄然輕鬆，像極了在刑場從容就義的死囚，替自己的人生下最後的註解。

機車學長從極度恐懼與突發事件中甦醒過來，勉強從嘴裡擠出學長應有的本色與氣概，「你以爲我會怕是不是？沒必要爲了一點小問題，要鬧到這麼難看吧。」右手緊握住槍把，手肘彎曲往身體內靠攏，掌緣抵住不斷起伏的胸口，食指伸入護弓，手指第二節虛含住扳機，左手放鬆握住上護木，腳成三七步微蹲，側身向機車人，「我沒有要你怕，我是要你裝子彈，問題現在就要解決，不想再拖延下去了。」

（怕怕怕，你不怕，我可是怕死了。）在心底不斷祈禱著，機車人，你千萬要守住理性的最後防線，絕對不要衝動行事，不然這齣戲可就走調了，兩個人只能躺著送回台灣，讓大家指責「笨、傻、不會想……」。現在的我，正試驗著人性，一有閃失，全盤皆輸，順便賠上無所謂的生命。內心對自己說著：「穩住、穩住，情勢控制好，危機處理就看這一課了，平常千言萬語，胡吹亂謅都抵不過此時的眞實操作來得精確。」

「趕快跑啦！快啦！」世雄的喊叫聲，迴盪在這三面山陵包圍的澳口，句句急忙催趕，彼此激盪，久久不肯散去，進到耳裡，聽入心裡，漸漸笑了開來，肯定情勢是完全掌握在手中了，不怕有變化，就等機車學長跑去「告狀」，開始下一階段的耍白癡、「裝肖維」的能力展現。

世雄的警告，終於提醒了機車人回神，轉身向保養廠跑去，皮鞋的磨地聲、步槍撞擊肩膀的急促聲，與狂吼的北風，構成一曲美妙的音符，在心裡得意的演奏著。看著他漸去漸遠的背影，再度沒入黑暗時，剛剛的情景有如南柯一夢，變得不再眞實，整個人也鬆懈下來，重重吐出一口氣，抒解了全身緊繃的高度戒備與防禦工事。等待的時間總是漫長，環顧四周景色，並沒有什麼不同，剛剛的表現，只是影響「少數人」而已。自然的時序、悠遊的大地生命力，並沒有因此受到任何「不良」的影響，只有無知的人類在自尋煩惱罷了。

按住彈匣卡榫，抽下彈匣，右手往前伸直，左手扣住拉柄往後一拉一放，槍機頭抓住藥室內子彈的凹槽，往後送，經過拋殼窗，抓子勾一用力，子彈從窗口向右後方拋飛了出來，在空中不斷旋轉飛舞，落到地面發出金屬撞擊聲，「鏘——」，完成退殼動作。彎下腰，撿了起來，裝到彈匣裡去，再從口袋拿出空包彈，塡裝回去，彈匣放回彈袋，彷彿一切不曾發生過，只是愚蠢的人在演戲而已。

五

集合的哨聲，勾魂似的，從遙遠的星球，將我送回地球，敲醒我胡思亂想的思緒，也換回我一身的緊張。想，會是由誰來「叫」我去集合呢？誰夠這個膽，夠這個力？呵，答案揭曉，是輔導長，要我放下步槍與裝備，戴著龜殼（鋼盔）去餐廳集合。依照指示，空空的一身，帶著不斷飛轉的念頭，短短不到一百公尺的距離，感覺如此遙遠，內心期盼著，一直走下去好了，永遠也不要到達餐廳。逃避的心、愚蠢的念頭，恍恍惚惚的走進餐廳，黑鴉鴉的一片都是人，可是卻沒有半點聲響，靜得令人害怕。

當著全連的面，陳述自己爲何如此做的原因，談不上慷慨激昂，但算是完整的事實呈現。說完，靜靜站在一旁，聽怪獸連長對全連咆哮怒吼，感覺屋頂快承受不住怪獸的怒火、快被掀翻似的，使我不時想伸手抱頭，以免被掉落的磚塊砸中。什麼嚴禁學長欺負學弟、什麼逼到人家都要殺人了……，慢慢的，訓話聲成了嗡嗡回響，全被吵雜的思緒掩蓋過去。不知過了許久，肩膀被拍了一下，跟著指示走向外頭去，沿路輔導長對我解釋著法律條文，「還好沒開槍，不然會判多久？不值得呀，你是聰明人，何必爲了一時的氣憤做傻事呢？」

經過雙重的訓悔後，回到寢室，大家的眼神、對待的方式，全變了樣，好像我有瘟疫、是痲瘋病似的，人人對我避之唯恐不及，哪怕只是眼神的一掃，大家紛紛轉頭，眞是人情冷暖，現實人生。同期在金門料羅灣受訓、挨罵、挨打、奮鬥、努力、甘苦與共的同學，竟然連一句安慰的話都沒有，六個月的同期生活，眞是……心裡暗暗發誓，退伍之後，絕不再和他們聯絡。唉，再仔細想想，大家都是有苦難言，且飽受欺凌的同路人，在這敏感的時刻，害怕退縮是一種天性，人都想自保，怪不得誰，何況六十四期的學長還在，苦日子還在後頭呢，誰有那個閒工夫去照應別人呢。

洗完澡，爬上二樓的寢室，六十三期的學長海棠告訴我，剛剛全部六十四期的人，在討論晚上就寢後，要叫你起來「夜教」，白話講就是扁一頓，不過被士官長陳大聽到，現在全都被叫到圖書室去了。晚上，如果他們敢來找你，要你出去，叫我起來，我幫你處理。聽到這番話，眼眶濕濕的，眞他媽的眼淚都快掉出來了，好像溺水的人看見一根浮木似的，心中安慰了不少。在這種現實的時刻，還有人願意主動伸出援手，眞令人窩心、感動不已。

坐在床鋪上的師父大象也開口了，「不用怕，等他們來，看誰是學長，我會幫你的，打架的話，我們也不會輸他們。」說眞的，他的話，我還眞沒有什麼信心，一個站哨的時候都在折星星、想女朋友的人說出的話，眞沒什麼說服力。呵，不過從怪獸連長口中得知，他是個小有名氣的黑道，登時有點傻眼，人不可貌相啊！難怪他的交際手腕那麼好。

幾天之後，站哨又遇見機車人，態度是一百八十度的大轉變，稱兄道弟，我呢，別人笑了，我當然也笑了，沒辦法，我媽就是生給我這張笑臉，要不笑也很難。相處就是如此，我的原則是，對「倒彈」的人，敬而遠之，沒事少聯絡，永遠不會是朋友。

這件事也讓我有了深切的反省，沒有坐以待斃這回事，沒有人是天生要讓人欺負的，人必自侮而後人侮之，反抗並不是欺負別人，而是保障自己不受壓迫與欺凌，更沒什麼好害怕的，你怕、你退縮，任人予取予求，到頭來受害的還是自己，更重要的是，提昇自己，不給別人再有機會欺負你；而累積自己的實力，才是確保自己的好方法。

（2005/11/05、06、09、11、19、27）

【第三章】市場生活

學海獅上岸

當兵前，對海是既愛又怕，充滿一股難以言喻的情感。釣魚是興趣，跌下海是娛樂。沒學會游泳前，爲了釣魚落海兩次，幸運的是海龍王不收我做女婿，又用海浪送我回岸上。兩次落海地點都在線西彰濱工業區的七支堤。

退伍後到基隆市場工作，喜歡上基隆的海。基隆的海清澈、碧藍、包容、生命力豐富，又變化莫測，我常騎著摩托車，戴上印有南方四賤客圖樣的白色西瓜皮式安全帽，背包裡放入面鏡、呼吸管、蛙鞋、水和餅乾等，順著台二線往八斗子的方向騎去。

過了海洋大學，一面倚山、一面臨海的景色便呈現眼前，路程約十分鐘，即可到北部潛水聖地之一的「秘密花園」，在地基隆人稱爲「長潭里潛場」，我則叫它垃圾場。

星期假日人潮擁擠，釣客、潛水人、弄水的觀光客雲集，如海中魚群，一波接一波，流水不同，出現的魚種不同，人也各異。我大多利用星期一到星期五之間來，才能靜靜聆聽海的歌詠，感受她的慵懶。

停放摩托車的地方，有一木造平台，大約四米平方，周圍護欄高約五十公分，沒有屋頂遮掩，清晨時，適合眺望淼茫大海與九份山色；黃昏時，漫步公園，漁船歸港，夕照餘映基隆嶼，別有一番風情。平台旁有一條雜草小徑，朝著抽水站走去，隱藏在亂草中的石板階梯會出現，走下約三層樓的階梯，海水波濤觸手可及。

穿好蛙鞋，戴上面鏡，嘴咬住呼吸管，手拿水和餅乾罐，站在岩岸邊緣，大步一跨，噗通，涼意瞬間竄滿全身，暑意立刻消除，整個身體的細胞，頓時活絡了起來，像回到家的感覺。悠遊海中，化身爲魚，有時想，天戒不吃魚，莫非我是魚的緣故，避免同類相殘，呵……想太多、想太多。

選定一處深約四米左右的礁石平台，上面遍布鹿角、盤子、扇子、腦狀的珊瑚，海鰻、螃蟹躲在岩縫中，海葵、石花菜隨海流舞動，錯落交織出幾隻煙囪似的海綿，寄居蟹、海螺、魚兒覓食其間，形成一幅生動的美景。（誰說魚一定要養在水族箱裡才能欣賞，將錢、時間與心力花費在小小魚缸上，眞的自認比得過海世界嗎？）面朝海底平臥，手腳張開不動，靜靜漂浮，隨潮汐一湧一退、一起一落，完全投入海的懷抱，人生夫復何求。

扭開餅乾罐，抓一把握在手心，向下伸，餅乾遇水變軟，慢慢溶解，魚群也慢慢圍攏過來，以手爲中心，迴游成一圈，再緩緩搓動餅乾屑，魚兒戒心降低後，自然會過來搶食。用魚的立場思考，很容易和魚玩在一起，等待誘引成功，再抓一把餅乾塞入口中，吸口氣憋住，往下潛，雙手緊抱住海底礁石，然後吸點水進嘴巴，咀嚼後連同餅乾屑一口一口吐出來，於是水中魚群亂舞，煞是壯觀。

仰躺，成大字形，看浮雲蒼狗，隨風飄移，左手掌輕輕划水，轉圈，改變看世界的方式，其實世界還滿可愛的。浪潮一波一波湧向頭、蓋過臉，在海的韻律中擺動，心都輕鬆了起來，側過頭吸口水，鹹鹹的，模仿鯨豚換氣般，用力噴向天空，水霧隨風揚散，水珠落回海裡，點點打在臉上。

晃呀晃，像回到兒時躺在搖椅上，自顧自的，一手零食、一手飲料，在穿廊底下，伸腳接住雨水打向屋瓦再沿著前簷落下，左邊、右邊，左腳、右腳，滿足的享受雨天的安閒自在。

但在海底自得其樂時，有件事一定不要忘記，那就是岸上也有人在欣賞此山此景，手啊腳啊，有時候也要向天空揮動一番，不然像我好幾次就被誤會是溺水，岸上的人心急大喊，想確認我是不是有反應，可是人在水面下，聲音的傳遞，因爲距離和水波，會有點模糊，又太專注於寄居蟹剪食珊瑚、海鰻守株待兔的等候魚兒從牠家門口經過、海芋螺爬行獵食的技巧……等等，忽略了海世界以外的一切，等到有人游近我身旁時才知曉。呵，其中一次更誇張，被以爲是水流屍，還出動橡皮艇要來打撈。

羅馬不是一天造成的，白目當然是長年累月經驗的成果，對我來說，可不可以潛水、游泳，端看心情和自我評估，重要的是上岸地點的選擇，如果是沙岸，那不構成威脅，岩岸的話，就得好好考慮一番，不然浪一來，讓你和礁石親近親近，那就好玩了。

有一次，在海中直到浪變凶了，人還在學海獺仰躺，上半身微微曲弓，露出海面，雙腳筆直上下擺動，手臂在胸前交叉用力擊打，水花四濺，自娛娛人。玩累了，慢慢游向岸邊，發現浪頭一推一拉，造成很大的阻力，呵呵，問題來了，海浪捲起打向岸邊的實力，只有兩個字可以形容，壯觀。但總不能一直賴在海裡不上岸吧，觀察過後，發現幾個大浪之間會停頓一下，原來海也是有節奏的，像人在打鼓一樣，抓住節拍就可以了。

於是在海浪稍歇時，向岸邊衝去，身體一接觸到礁石，立刻巴住，但因爲腳上穿著蛙鞋，無法踩踏陸地爲自己助力，只能借住手的力量來穩定自己，但如此要爬上岸，談何容易，僵持間，海很快又恢復力量，動了起來，我只能無奈的放手，向海中游去。我可不想繼續趴在礁石上，讓海浪從背後打一掌，會吐血喔。

幾次嘗試皆失敗後，知道除了丟掉蛙鞋一途，只得另想辦法。觀察到抽水站管線旁，有一處岩石平台，浪大的時候，海水湧向平台會漫過去，突然想到海獅上岸，呵，念頭實在有夠瘋狂，但在這種處境下，不試試怎麼知道喇叭是銅、鍋是鐵？拚一下囉！等待浪頭到來，撿個滿意的，身體隨著海浪朝岸上衝去，雙手準備要是浪太小的話，便出手在平台邊撐一下，免得到時一頭撞進岩石平台。呵，不知是命大，還是上天不嫌棄，眞的讓我像海獅一樣，靠著肚皮滑上岸，就像飛機平安著地一般，平穩舒適。念頭一轉，想跳下海再試一次，可是我的心告訴我：你以爲每天都在過年嗎？

（2005/04/16、18）

潛水、海洋與自我

有一段時間常問自己，潛水爲了啥？打魚、運動，還是純粹「想」潛水而已？

穿上裝備，套上蛙鞋，咬著二極頭，左手按壓面鏡，右腳往前一跨，噗通，入水，慢慢踢動蛙鞋，吐出泡泡，游到離岸不遠處，仰躺，雙腳伸直，右手往上舉，按住BC（編案：浮力調整裝置）的排氣閥，望向藍天有著淡淡的雲的裝飾，身體因爲鉛帶的重量，一點一點的沉入海，透過鏡面，隔著海平面，欣賞波光閃動、扭曲擁擠、左右搖擺的那一抹藍。

身體像一顆投入海中的小石子，緩緩旋轉，飄落至五米深的白沙海底，四周是由礁石疊構的海底世界，魚群穿梭其中，維持不動的身軀，任憑海流帶著漂移，像母親正在撫慰不安的嬰兒的心，讓他不再掙扎、害怕未知的世界。一股靜謐籠上心頭，瞄了瞄身旁的景色，魔鬼海膽長長的黑刺，不停揮舞，像中世紀武士的長矛，正在挑動我的情緒，那一顆發出藍光的眼，正對著我，直瞧得我心裡發毛，呵，想太多、想太多。慢慢閉上雙眼，用心聽海洋的聲音，不再關心三用錶上的深度、氣瓶空氣的剩餘數，或是導引方向的指北針，現在只需要傾聽，不用敘說；只有接受，不用懷疑。

鼻孔吹氣，耳膜瞬間張開，調節耳內與耳外的壓力，不再刺痛、嗡嗡作響，只聽見吸氣的嘶嘶聲、吐氣的噗噗嚕嚕，整個身子猶如飄在半空中，海流不斷從四面八方襲來，身體像一片落葉，任流水帶向何方，半點也沒有恐懼或是遲疑的抗拒感。外界的一切，不再用雙眼或是雙耳去認知界定，放開原來緊繃畏縮的心，慢慢的、慢慢的，探索心靈的秘密，一個不對人講，也不對自己說的秘密。把看不開與放不下的，全拋出腦外，挑出心頭的那一根刺，問自己，眞正要的是什麼？什麼才是生命追尋的意義？不再編織謊言，強迫自己去相信、去認同世俗的價值，這一刻我要知道自己，自己究竟是誰？而不是別人眼中的那一個我。

介意別人怎麼說，重視別人眼中的自己，努力迎合別人喜歡的那一個我，一舉一動都像活在別人眼皮底下，任何一個小動作，都怕牽動別人敏感的心、易怒的靈魂，千掏萬挖，始終挖掘不出眞實的自我。那個會哭、會笑、會搞怪、會捉弄、會關心、會尊重……單純的自我，其實就是一個活生生的人，不再是社會機器、階級分治下半截的我，而是唯一、獨立、別人不可取代的我。少了自我，世界將不再完整，春天也不再降臨，生命漸漸枯萎、破碎、散去，沒有中心引力，一切將回歸渾沌……。突然間，像被掐住脖子，不能呼吸，海水從喉頭直接灌入胃中，猛力一咳，人頓時清醒過來，看看左右環境，發現原本應該含在嘴裡的二極頭，正在一旁搖曳擺盪，我咧，作夢做到「凸鎚」，一個胡思亂想的王八蛋，連海都討厭他了！剛剛的想法，碰的一聲，全散了，急忙拾回二極頭，往嘴巴一塞，用力一吐一吸，BC充氣，溜之大吉。

呵，可愛的海生氣了！什麼都是自己，那別人在哪裡？搞不清楚狀況，自吹自擂的跳樑小丑，回家吧。

（2005/12/04）

排煙道的故事

菜市場收完攤，下午一點左右，到浴室洗了個涼涼的澡，走到屋外的巷弄，仰望被樓房切割的天空，伸了伸舒暢的筋骨，吻了一下頸間的玉蟬。又是一個宜人的午後，適合簡單生活，也適合我。著手整理打混包，塞入一本書、一瓶礦泉水、一件風衣，隨手拿起南方四賤客的安全帽，趿著涼鞋，啪啦啪啦向機車走去。

發動摩托車，帶著輕鬆愜意的心情，往九份方向遊去。一路上經過和平島、海洋大學、碧砂漁港、八斗子、平浪橋、深澳火力發電廠、水湳洞、員山子分洪道、陰陽海，日頭偏西，陽光越過山頭，灑在濱海公路上，天際白雲悠悠，海面波光粼粼，作業的漁船，三三兩兩散布於廣大的海面上，海水湛藍，機車切過海風，呼呼嘶吼，只能說，人生，幸福啊！呵，忘情的高舉雙手，振臂一呼，大喊：謝謝！很白癡我知道，可是我喜歡。

到了陰陽海，右轉台灣銅礦公司，順著山路，爬上陡坡，迂迴繞著，機車發出噗噗的呼喊。在岔路口左轉黃金瀑布，一道一層樓高、寬約六七米左右的瀑布，在路的右側奔流，傾洩而下，爲何是金黃色的？我猜，應該是水中所含的銅離子，附著於岩石上的關係。陰陽海，也是這個緣故吧？不過，這不重要，重要的是，這裡適合黃昏或是薄霧繚繞的清晨，靜心駐足欣賞，山巒、奇石、峭壁、潺潺流水、鋪天蓋地的綠、破落的銅礦公司建築群與海交融在一起。

在抵達銅礦公司頂樓的瞭望平台前，右手邊有一條小徑，不過路口被水泥樁堵住了，只能步行，或是通行單車及機車。要特別注意的是，往前幾百公尺後，會看到由排煙道與山徑組成的隘口，被周遭景色迷惑的人，若是傻傻不看路，再過去、再過去就是天堂了。可能是走山的緣故，往前的道路直直向下陷落一、二十米，摔下去可不是開玩笑的，會要命的。

青蔥的山巒，爬過一條條蛇籠般、廢棄的排煙道，活像田鼠鑽過，直達山頭。銅礦公司過去冶煉金屬時，因爲怕產生的劇毒氣體，無法飄散進空中，而大量沉積瀰漫在廠區附近，因此構想出排煙道，讓生產出的劇毒氣體，順著排煙道通往山頂，直接向藍天獻上人類精緻的禮物，也算「回饋」大自然給予我們的美好；當然大自然也是不容小覷的，禮尚往來嘛，透過下雨，再將毒氣拋回人間……。呵，這一來一往之間，不知道聰明的人類想過了沒？

（2005/08/28）

討厭貓是公主

在菜市場吃晚餐的時候，身旁不時傳來貓叫聲。貓是我最愛的寵物鳥的天敵與剋星，所以我從小就非常、非常討厭貓，尤其在一隻賊貓咬死我養的九官鳥之後，更是深惡痛絕，恨到凡看到都想踢兩腳，不過兩條腿終究快不過四條腿的，當然沒有成功過。往後聽到貓叫聲，簡直像聽到仇人的挑釁，心情爲之不爽，叫三小朋友。

低頭，四處察看，搜尋叫聲的來源，赫然在椅子旁發現牠的身影，一隻黃黑白三色相間的小貓，沾滿髒污與灰塵，更加顯得牠瘦弱可憐；不過牠優雅的坐姿、有神的雙眼、嘹亮的叫聲，在在凸顯出牠的與「貓」不同。ㄟ，不對喔，這麼好的機會，我應該好好把握，踢牠一腳才對，而不是在這裡廢話連篇，越扯越遠。

緩緩伸出腳，準備……正準備時，卻看見一雙纖細的手，剝著雞肉，一絲一絲在餵牠。心中的不爽、不痛快可想而知，不過這雙手的主人是囡囡（編案：楊儒門的前女友），只好大丈夫能屈成伸，暫時先不跟「討厭貓」計較。但見囡囡溫柔耐心的一口一口餵牠，還不時用手撫摸牠的毛，令我不禁怒火中燒，喂，太過分了喔，吃飽還不滾一邊涼快去，死賴在這裡幹嘛？該不會以爲會收養你吧？作夢，難道沒看到一團火已經在旁邊熊熊燃起。但牠無視我冒煙的頭、豎直的髮，反而乖巧的舔理身上的毛，而且不時用頭去蹭蹭囡囡的手。我、我、我，氣死我了。

回家後，把討厭貓放在洗衣機上，裝一臉盆溫水，用「若碧絲」洗髮精幫牠清洗全身污垢，邊洗心中邊幹字連連，囡囡則用手撥開討厭貓的毛，扯出一隻隻貓蝨，看得我渾身都冒起雞皮疙瘩，眞是夠了。討厭貓倒是挺識相的，不掙扎、不抵抗，順服的站著、趴著、側躺、倒轉身子；不是說貓怕水嗎？那爲何討厭貓不怕，好像還挺享受似的？嗯，該不會是天生來跟我作對的吧！

一手用吹風機吹著討厭貓，一手撥弄牠黏濕的毛，不知道牠是因爲家教好，還是根本已經把我當僕人、傭人在看待？竟然正眼也不瞧我一眼，臭屁三小朋友，我也是千百萬個不願意好不好，你以爲我愛喔？囡囡仔細整理討厭貓的腳、胳肢窩、下巴、耳朵、眼睛周圍、尾巴與腳指間的縫，梳理完畢，討厭貓整身的毛色竟亮了起來，還散發出一股自信、從容，混合上「若碧絲」的青蘋果香味，看起來，還眞他媽的可愛，呵，算是以貌取貓嗎？

隔天一大早起床，上廁所的時候，聞到一股臭臭的味道，定睛一看，我×，馬桶旁有一坨「黃金」，你、你、你故意的是不是？無奈，只好用左手摀住鼻子，右手拿幾層衛生紙蓋住貓大便，撿起來，扔進馬桶內沖掉，囡囡還在旁直誇說：「很乖，知道要大在廁所裡，而且是馬桶旁，足以證明牠很聰明，而不是壞壞的在房間角落亂大。」

我X，「聰明的，應該會自己跳上馬桶兼沖水好不好？沒看過電視是不是？」話還沒說完，一道殺氣騰騰的目光已經射過來，我全身抖了一下，很識相的馬上閉嘴，左瞧右瞧，裝無辜。

接著和囡囡去萬家福大賣場，買了包貓砂、一袋貓飼料、幾瓶罐頭、一支鏟子（長得有點像白色的飯匙，從此盛飯的時候，都會有點心理障礙，覺得像是在盛貓大便一樣）、一堆小球、三個食盆。買回來後，將飼料倒進碗裡，另一個碗裝水放在門邊，將貓砂裝入塑膠四方盒內，擺到廁所，也不用我教，（咦，這個說法有點怪，難道要我先在貓砂上示範大一次？）牠就自動跑上去，鼻子嗅了嗅，前腳耙了耙，後腳挖了挖，馬上拉出一坨屎。結束後，還踢了踢貓砂蓋住，再環顧一遍，才滿意的走出來。

我簡直像看到奇蹟一樣驚訝，莫非，牠是落入凡間的公主，具有與生俱來的禮儀，而不只是一隻討厭貓而已，喔，叫錯了，牠的名字是「喵喵」，有力吧，不過我叫牠，牠從來沒理過我就是了。反正不重要，重要的是囡囡喜歡就好。

第一次清理貓砂，眞是令人記憶深刻，想忘都忘不了。便便沾了一粒粒貓砂——強調一下，貓砂有淡淡的檸檬味，所以還不算太臭——模樣像炸過的鹽酥雞，不是我形容得太噁心，我想，養過貓的人大概都知道那種感覺。眞的，很久、很久一段時間，我放棄吃鹽酥雞，因爲實在很難從記憶的方盒裡，剔除掉烙印的痕跡，那一口咬下去，竟是……，呵，心理障礙。

正所謂好奇殺死貓，喵喵最常做的運動，就是打量自己那根會動、會跑、左右亂擺的尾巴。時常看見牠，用專注敏銳的眼神，盯住尾巴瞧，一左一右、一左一右，突然發動迅雷不及掩耳的攻擊，反身，用爪抓住、扣住、壓制住尾巴，再用嘴去咬、用腳猛踢狂踹，直到發現會痛，才放開。呵，白癡，一天玩上幾回也不厭倦，眞有那麼好玩嗎？還是太無聊了？

知道嗎？貓其實會有大小眼，牠會觀察、評估、審酌情勢，然後綜合分析，來確定你値不値得牠陪你玩。自認平常表現得還不錯，只是不知道爲什麼，喵喵完全不甩我，也不陪我玩，更別提把我當傭人一樣，而把牠自己當老太爺一樣「搖擺」。哼，大小眼，小心我把你變成「熊貓」。但嚇牠是沒有用的，因爲牠的後台是囡囡，哎，算了，何必跟自己過不去？

賴床是我每天早上必經的過程，在半夢半醒間，繼續與床及棉被纏綿，輾轉反覆、訴說未完的戀曲，那是多麼美好的早晨啊！可是喵喵來了之後，完全改觀、走調，不管我是不是還在睡、還在作夢、還在賴床，牠肚子餓了，就會到我的耳朵旁怒吼哭夭，我當然是不理，我又不餓；但接下來，牠就會用牠的爪子、令人血濺三步的利器，在我的手或腿上，用力耙過。眞是令人痛徹心扉的一耙啊，我的手腳立刻浮現細細的血痕，頂上還冒著一顆顆晶瑩的血珠，人是馬上跳了起來，回身想扁牠，可是牠已經迅速跳下床，等在碗旁，伸著懶腰，準備吃早餐了。

吃飽後，牠會用兩隻前腳洗臉，沾口水清潔剛剛吃飯時黏到的食物渣渣，並且非常有條理的整理儀容，我咧，是要出國比賽是不是？那麼認真、那麼要求。然後，牠會輕巧的躍上床，用頭撒嬌似的來回蹭著囡囡的臉，伸出前腳，以腳底的肉蹼溫柔的放在囡囡胸前，輕輕的，一下一下的搖，然後再到囡囡的耳朵旁，不斷用軟呢般的叫聲，想要喚醒沉睡的天使。我咧，世界眞不公平，有性別歧視是不是？難道我不是人生父母養的？差別待遇嘛！我要申訴啦。

喵喵還有一個爛習慣，就是睡覺前喜歡人家幫牠按摩。幫牠按摩可是有順序的，首先，要從背部開始，抓癢似的，從脖子抓到尾巴，再從脊椎往兩側抓到肚子邊緣，這時喵喵會四肢蹲坐著，享受我這個苦命人的服侍。

喵喵蹲坐的時候，四肢的琵琶骨會凸出來，這時就要用食指與拇指，形成螃蟹一般的鉗子狀，緩緩一下一下、力道適中的捏著往下動；接著讓喵喵側躺，手掌貼住牠的肚子，上下左右震動，使喵喵的肥油形成波浪狀，幫牠過胖的身材活動、活動，消耗一下熱量，誰叫牠那麼愛吃、愛睡，又不喜歡運動，不胖也難囉。不過這是題外話，還好主角喵喵不在這裡，不然聽到我說牠壞話，鐵定咬我一口兼伸伸祿山爪。

好吧，回到按摩。再來就是用左手握住喵喵的前腿往上抬，右手順勢捏著，幫牠伸展每一隻腳指頭的筋骨，伸展完後，要讓牠仰躺，捏牠的胳肢窩。最後，就是喵喵那顆笨笨的頭，必須以兩隻手一下一下，從脖子緩緩向下巴靠近，再移往兩頰，這時，喵喵的臉會變得很搞笑，凸眼翹眉、露齒、面部扭曲猙獰……，而我的手順著兩頰，在頭頂會合，完畢！此時，輕輕拉動喵喵的鬍鬚，好像釣魚時，魚鉤勾到魚嘴般，喵喵的頭會不由自主的往上抬……，呵，當然不能太過分，不然牠可是會生氣的，牠一生氣，我的手又要遭殃了。

按摩結束後，牠舒服了，我也累了，想想，起碼也該謝謝我或是撒撒嬌吧！但牠已經大搖大擺在床上選好位置，側躺，捲成一團，睡牠的大頭覺去了。

（2005/08/24）

站起來了，那個人站起來了

無聊的午後，太陽懶洋洋掛在空中，暖呼呼的氣氛籠罩著台北盆地，使人想要漫遊。秋天的腳步近了，風若有似無的捲起地上的落葉，在空中翻騰飛攪，再落下地來。

沿著忠孝東路，經國父紀念館，無目的的亂逛，不是爲了消磨時間，純粹是隨心所欲的行走，觀察路上形形色色的人們。有的三三兩兩邊走邊聊、有的蹲在地上揀選地攤貨色、等公車的人也許心中盤算著下一刻、送貨的人正打電話詢問正確的地址，而情侶手牽手沉浸在兩人的甜蜜時光中……。

幾步之遙的地上，有一個人俯趴著，下半身穿一件深藍色的褲子，左腳伸得筆直，脛骨腳背平貼地面，沒有穿鞋，褲管末端捲起兩三層，右腳是空蕩蕩的扁平布料，不見有腿從中撐出圓柱狀。這個人的上半身，是一件土灰色的棉布厚外套，直蓋到屁股與大腿的相接處，他的左手，從貼地的胸口彎縮成弓形，下巴順勢靠在上面，右手往前伸，手邊有一個敞開的鐵盒。他的衣服都磨出毛球了，破損一塊塊，頭髮沾黏著污垢，一撮撮糾結，在陽光照射下閃著油光。

人生爲何如此不同，一樣生爲人，爲何有人天生就有殘缺的相陪，說生而平等，那爲何一出生就有不公平的身體，需要面對更多的挫折、失敗與異樣眼光的對待？是不是造物的主，也有打瞌睡的時候，或是強加在一個人身上的特殊考驗？我不知，我只是一個平凡白目的人罷了，自己講的話，連自己都不甩了，更何況別人。遇見這種情況，除了掏點錢，別無他法，至於成立什麼教養、扶助機構，或是制訂什麼社會照顧的法，都非我能力所及，只能默默從打混包裡掏出皮夾，拿點錢，蹲下身，放入鐵盒裡，再頭也不回的往前走。心劇烈的跳動著，有太多的事，超出我能力範圍，只能在心中暗暗祈禱，能有一股力量改變這一切不幸。

忽然一陣急促的奔跑聲，打斷我的思緒，讓天馬行空的想像，落回腦袋，定睛一看，不可思議的奇蹟出現在眼前，內心爲之震撼。剛剛趴在地上的那一個人，正用兩條腿在磁磚的地面上奔跑，動作迅速的閃進路旁小巷，直挺挺的靠牆站立，臉上露出緊張神色，氣喘吁吁，不時向我的後方張望。我、我、我，不會吧！世界眞的如此神奇，內心的呼求這麼快就得到回應，神啊，眞是太偉大了。

疑問慢慢閃過腦海，將信將疑的轉過身去，瞧瞧路上發生了什麼「神蹟」，竟然讓一個少條腿的人，突然「生」出腳來，而且立刻可以健步如飛——原來、原來是警察啦。於是又立刻轉回過身，似笑非笑的望著他，媽的，王八蛋，演得好！這已經是我第二次看到被揭穿騙行的人，另一次是在基隆的廟口夜市，一個阿婆包裹著右手來向我要錢，我給了，過了快一個鐘頭之後，阿婆又出現了，不過這次包的是左手，錢我也照給，不過加了一句話：「阿婆，手會酸哦！剛剛是右手，現在換左手。」呵。

（2005/10/16）

三個月一次的吃魚訓練

這個人什麼都沒有，好奇心特重，想知道自己忍耐的程度可以到哪、實際操作的時候是不是有一把硬骨頭？忽然湧起決心，帶著一塊煎過的、拇指大小的「散肉」（秋刀魚），兩瓶水和一條口香糖，騎機車往王功海岸去。

從小，就不敢吃魚，也不能吃魚，爲什麼我也不知道，不要說吃啦，光聞到就覺得噁心、頭皮發麻，吃到起雞皮疙瘩還算小事，吐啦、過敏啦、全身不適、發抖、抽搐都是有的。長大後才知道，那是天戒，可是我以爲心理因素大於實際吧？所以就想試試，誰怕誰呢，難道我眞的會讓魚打敗不成？

於是騎著機車，迎著風，看著遠方一輪澄紅的夕陽映照天空，彩霞絢麗，搭配周遭的田園景致，倦鳥歸巢；桃花源不一定需要尋找，身旁的家園何嘗不是？只是我們都不太在意就是了。

機車停在王功燈塔的防波堤頂，人躺到水泥斜坡上，欣賞著夜將到來的變化，一點一滴、一筆一畫，慢慢在天空這塊畫布上盡情揮灑。一直沉醉在自然景色中，渾然忘記今天來到這的目的是什麼；騙人的啦！其實是想賴皮、想瞞過自己，但可能嗎？何況現在是晚上，心中可雪亮得很，下三流的招數，唬唬別人可以，想欺騙自己的心，哪有那麼容易。

努力伸長手臂，慢慢從背包裡拿出秋刀魚來，遠遠的放在地上，一隻手捏著鼻子，一隻手打開報紙、衛生紙、塑膠袋，嘔，都還沒聞到，光看到就想吐，今天這個玩笑可開大了，無聊不在家睡覺，何必跟自己過不去，硬要試試自己，看，踢到鐵板了吧！

想想，問自己願意爲理想付出多少，做出何種程度的犧牲？嗯，都不願意，那可以回家看電視了嗎？但有一點可以確定的是，「我的人管不住我的心」、「我的心控制不了我的靈魂」，所以今天注定我的人要倒楣了。

緩緩吐了口氣，打開塑膠袋往鼻子一塞，大大吸了一口，嗯，撐住，嗯，忍住，嗯，嘔——，我呸，狠狠用力的往地上一摜，呸呸呸，眞他媽的自作孽！渾身起雞皮疙瘩，瞪著眼前一片漆黑的海，心裡亂罵著，仍然扭開一瓶礦泉水備用，吸口氣憋著，從袋中剝了塊魚肉，送往嘴中，動作像飲鴆毒般，僵硬而緩慢，打從心裡抗拒著，不要、不要、不要，無奈事情不是我可以決定的，還是放到舌頭上一沾，全身立刻觸電般發抖，整個人往上一彈，直跺腳。吐出來？當然不可能，嘴閉得緊緊的吞下去，哦！眞希望電光一閃，雷往我身上劈，死一死還比較痛快。慢慢折磨，凌遲般，牙齒一張一合，靈魂正在恥笑著「無路用」的自己，就這點道行，還得意個屁啊！醒醒吧，看清自己。

拿起水來猛灌，一口氣足足喝掉快半瓶水。心中忽然亮了一下，告訴自己，水可能不夠哦！那再去買好了，急切的想逃離現場。無奈雙腳釘在地上，是一步也移動不得，想開溜？找這麼爛的理由，當我是三歲小孩哦！接著渾身紅紅的，雞皮疙瘩一點一點的浮起，手一直抖，微微過敏了，那又如何？呼吸間，只覺得口鼻都有一股臭臭的噁心的魚腥味，一直吐口水，味道還是很濃，散不掉。在防波堤上走來走去，眞希望出現鬼把我抓去，免得我再吃一口，唉，天不從人願啊！

扁嘴坐下又掰了一大口，往嘴裡一丟，我咬、我嚼、我吞……，安怎，氣魄我也有啦！猛一口氣往上衝，嘔嘔嘔，嘴一張，噴了出來，晚餐、中餐、早餐，胃裡什麼東西都吐出來了，可是，還是止不住噁心、反胃，一股酸酸苦苦的胃液也湧了出來。

眞是「念天地之悠悠，獨愴然而涕下」啊！眼淚都飆出來了，何苦呢，何必呢？跟自己有仇是不是，當然沒有，那爲何如此惡整自己？唉，身不由己啊！還是那句話，「我的人管不住我的心，我的心控制不了我的靈魂。」

大大喝了兩口水，盤腿而坐，一吸一吐，空氣中還是瀰漫著一股令人非常作嘔的魚腥味，揮之不去。抬頭看著月娘靜靜陪伴在身旁，露出關懷的臉，心中好過不少，擦了擦眼淚，再喝口水，海風傳來嘿嘿嘿的笑聲，刺耳聽聞，心情糟到一個地步。對啦，我就是只能這樣！笑啊，笑大聲一點，反正丟臉也不是一次兩次了。不在乎，眞的嗎？心一橫，又賭一把，把剩下的魚肉統統塞到嘴裡，手開始抖，腳也在抖，胃一陣一陣抽痛，全身發麻，不自覺的抽搐，眼睛有點花，呼吸急促了起來，完了，過敏，看看四周沒人，後悔沒讓攪和角一起來，就算讓他笑也不要緊。感覺靈魂正一絲一縷的抽離身體，全完了，談什麼理想抱負，原來自己這麼弱，想笑，可是笑不出來。

人間地獄，原來不用死翹翹就可以經歷，全身失去知覺，恍恍惚惚、飄飄蕩蕩，像是化爲一縷青煙似的，隨風搖曳，毫無著力處。死硬派，搞到這種地步，吃到苦頭了吧。

只能等待時間決定，呆呆望著自己一分一秒、一分一秒的過去，我的世界塌了一角，壓在我的胸口，讓我快喘不過氣來，內心黑鴉鴉一片，想起周星馳的電影中有句台詞說，「學了是九死一生，不學，那就十死不生了。」呵，這種時候，還開自己玩笑，不錯哦，好像爲自己保留了那麼一點點微不足道的尊嚴。慢慢坐了起來，頭昏昏、腦脹脹的，全身無力，四肢不受控制，一直打呵欠，摀著鼻子索性又放倒身軀，瞪著眼，和月娘相望著。

有幾分準備，才做幾分的事，理想的達成，需要實力協助，那這種蠢事還玩不玩？如果可以耍賴的話，想當然爾，我也不是「憨人」出身的好不好，退縮，當然縮回龜殼去，可惜，三個月後我還會再試一次。

爲什麼要這樣做？純粹無聊想整自己嗎？當然不是，還不就是電視看太多，上網掛太久，應自己要求，要做就要做到水準以上，總不能比爛吧！考量到美軍在關達那摩灣，用這種過敏的方法，整死不少人，而且一般民主國家也多採用這種方式，因爲既合法，又符合人權，提供你食物和飲水，你自己體質會過敏，怪得了誰？普遍來說，對花生、海鮮、蛋、奶製品過敏的人，大概撐不過幾個小時，所以就自己先鍛鍊看看！

（2005/06/11、12、15）

飢餓與理想一同散步

○二年七月底的某天，據說、聽說、傳說、馬路消息收集來的資料說，實現追求理想的道路，需要改變日常生活來配合。首先要從飲食開始著手，爲什麼從飲食？直覺吧，我想我這麼愛吃、嗜吃如命的人，需要節制一下，所以決定開始吃素。雖然我了解自己絕對撐不了幾天，因爲吃素對我來說，跟吃草一樣。但話都說滿了，好歹也得試試看，不然怎麼知道，自己有沒有這個本事。

晚上到彰化永樂街口的素食攤，包了碗素麵加豆皮菜包，回到租屋處，到冰箱拿了瓶麥香紅茶，打開電視，看著眼前無油無葷的湯麵，有點發愣，勉強自己吃了一口，吐了吐舌頭，難吃死了。

什麼滋味也嚐不出來，盡是金針、香菇、豆芽、竹筍、大豆的清淡味，吃在嘴裡是罵在心裡，幹嘛沒事給自己出難題。抓了抓頭皮，做了個鬼臉，牽著單車，去商店買瓶辣椒膏回來，加一大坨下去，拌一拌夾起一大丸往嘴裡塞，嚼沒兩口就吞下肚，立刻喝下整瓶紅茶，張大嘴，眞是夠了，辣死我了！耳朵傳來陣陣警示的刺痛感，自然反應，吃太辣耳朵會痛，連珠砲般的髒話，脫口而出。

苦熬三天，眞的不行了，不是我不要繼續，是吃素讓我失去對人生的希望，身體也清楚告訴我，好好考慮一下。我、我、我，威脅我是不是，媽的，我被嚇大的喔，搞不清楚狀況！牽著單車出門，先去鹽酥雞、再去阿璋肉圓，回頭順路買了西瓜汁，拚了，管你個爛決定，寧願撐死，也絕不再吃素。

至於爲什麼想吃素，很簡單，因爲一個人在緊張、危急、性命交關的情況下，腎上腺素分泌會激增，進而冒出的汗水，會夾雜日常生活不良習慣的氣味，譬如菸、酒、檳榔、葷食等氣味，在一位完全無不良習慣加上素食主義者的嗅覺下，會產生嚴重的刺鼻味與惡臭感，小道消息指出，就算間隔一堵二十公分厚的水泥牆，置身隔壁，都可以準確判斷出位置。當然，這無法證實，我自己也覺得很玄，但畢竟有人會，於是自己也想學上一學，只是沒有強大的動力去支持，如果身處都柏林的話，大概就另當別論吧。

然後○三年九月初，一個夜色深沉帶點涼意的夜晚，坐在忠孝東路、國父紀念館外圍步道的涼椅上，風吹過，捲起地上的落葉，在空中翻了兩翻再度落下。眼前溜狗、慢跑、散步的人們，和下班趕著回家的車潮匯流著，突然靈光點醒了我，吃素吃素，那跟強迫自己會飛有什麼不同，一天三餐改成一天兩餐還比較實際點，循序漸進，慢慢來，不要老想一步到位，爲難自己。

○四年二月中旬，寒風陣陣、令人不禁微縮身子的午後，穿著簡單的休閒服，外頭罩著一件橘色登山外套，一派悠閒的輕鬆打扮，手裡拿著瓶飲料，腳踏登山鞋，斜背著打混包，慢慢從中山南路拐進濟南路，眼睛瞄啊瞄、飄啊飄，心裡盤算著，賭大點，改一天吃一餐好了，不能一直對自己太好，那不合規矩，只要能維持基本的活動能力就夠了！

天空泛起紫色霞彩，死神亦步亦趨的緊挨身旁，順著青島東路，走過與中山南路的交叉路口，走到台灣博物館，拉了拉斜背的打混包，左手握拳，用拳眼頂了頂鼻頭，吸了吸鼻子，雙眼直盯著遠方，想穿透眼前這片空氣，看出世界的端倪。

而降低口腹需求，人眞的清醒不少，節制飲食，時時刻刻提醒自己，不要忘記自己在做什麼。飢餓感正與理想一同在大街上散步，肚子空空，對我是一帖很有療效的藥方，擺脫物欲的控制，轉而追求精神上的層次，減少衝動、無知、莽撞，把理想置於生命上頭，也不覺得沉重。人生嘛！總有比生命更重要的事情，早了解，生命不管你如何強求、害怕、拖延……最終還是注定走向死亡。

（2005/07/24、30）

【第四章】腳踏車之旅

序曲：十九歲的決定

天微微露出曙光，走到陽台女兒牆邊，四處觀察，提起背包，伸到牆外，輕輕一拋，背包落到竹叢枯葉上，發出趴的聲響，心裡猛然震了一下，深怕吵醒外公，靜待一會，沒有動靜，手提著鞋，躡手躡腳從後門溜出去。鄉下屋子前方有一塊廣場，用來曬稻穀、花生、菜脯或者置放農具，機車就停在空地上。慢慢推著摩托車出門口，慢慢滑、慢慢滑，經過台糖小火車的鐵道後，拐彎，立刻發動引擎，懷著對自我的挑戰與實現人不輕狂枉少年的衝動，向南直奔而去；那年我十九歲，地點在二林的舊趙甲。

爲什麼想騎機車去環島，說眞的，自己也不太清楚，現在回想起來，可能是爲了跳脫一成不變的生活，反抗生命所帶來的窒息感。等待許久，從小被羈束在傳統觀念下，當大人眼中的乖小孩，爲了別人而生活，自我呢，自我在哪裡？內心深處，一個聲音吶喊著，好不容易盼到家道中落，機會來臨，當然緊緊把握住。

努力工作，別人眼中看似辛苦勞力的大理石按裝，在我卻是實現自我生活的重要過程，既能賺錢，又能鍛鍊身體，工作空檔，還能幫外公做田裡的工作，老人家實在太勞苦了，看了很不捨。有一次在田裡除草，無意間，向三姨提起環島的念頭，回答是肯定而正面的，四處走走，多看看這個世界，於是心中燃起的火漸漸轉盛。

跑去買了個背包，暗紅色，接近豬血的顏色，質地是帆布，靠近提把處繡了個NIKE的標誌，機車環島及後來當兵、單車環島、和爲理念奮鬥的路程，一路陪伴著我。在出現（編案：指二〇〇四年走入台北市中正一分局）前夕，將工具鉗、潛水折刀、潛水手套、圓葉闊邊帽、電筒、防毒面具、夜視儀等，裝入背包，擺在海邊岩石上，對著海，告訴回歸天主懷抱的死囝仔，接下來的一切交由上帝決定，我還是我，沒有人能改變。

順著台十七線往南走，照著地圖，對著路標，一顆心劇烈跳動。抵達台南黃金海岸，停在賣小吃的貨車旁，買了飲料和麵，配貢丸湯，眺望著海，滿足的吃，用力呼吸自由的空氣，告訴自己，如果人生只能活到三十歲（這是笨想法，從小一直希望可以得到癌症，結果最重只得過感冒），那從現在起的每一天，都要努力生活著。

藉由問路與好奇，向一群也是出門遊玩的女孩攀談。在此之前，始終認爲自己的言語表達能力有障礙，對陌生人有畏懼感。打著反正丟臉，這輩子再相見都很難的主意，天南地北的聊著，得知她們要到墾丁遊玩，約好一同起程。躺在防波堤上，緊繃的心防一下子鬆懈下來，身軀休息著，沉沉的陷入夢鄉。她們陸續搖了我三、四回，無奈周公的訓示還沒結束，不肯放人，轉醒後，夕陽西沉，彩霞灑落大地，於是飛也似的趕往高雄。

路上耽擱太多時間，入夜才到高雄，對要住在哪裡根本沒有概念，像無頭蒼蠅一般，在市區街道上四處流竄。肚子打鼓似的直提醒晚餐、晚餐，要吃晚餐，都還不知道今晚要睡哪，肚子你就多擔待些吧。真後悔貪睡沒能跟那群女孩一起走。街道上林立的招牌閃過，心裡是越來越沉重，口袋裡的錢有限，住太好的地方不可能，終於在七賢路愛河旁，找到一間覺得可以的旅社，價錢只要四百元，嗯，便宜得有點奇怪，會不會是黑店啊！

房間沒辦法上鎖（其實是根本沒有鎖），浴室裡有的不是浴缸，而是大臉盆，燈光昏黃，氣氛詭異，好像只要躺到床上，就會有人說，先生，你壓到我了，麻煩睡過去一點；旅店有鬼哦！

洗完澡下樓，遇到剛剛逛街時，一直跑在我前頭的仁兄，原來他也在找睡覺的地方，碰巧選擇同一處。呵，同病相憐，看他也不像有外出的經驗，如果真的是黑店，被宰了做人肉包子，還有一個人作伴。腦中浮現出老闆娘拿著菜刀，來回磨著，店小二正打量我倆身上哪邊肉比較多，比手畫腳的，恐怖喔！

他帶著一臉疲憊，活像偷渡客，而我肚子餓扁了，趕著去六合夜市祭五臟廟。吃撐後，買包烤肉當宵夜，中途停在超商買飲料，出來一瞧，靠，烤肉不見了，該不會變成豬跑掉，或是變成雞飛走了吧！治安有這麼差嗎？三年後到高雄，偷變成搶，進步不少。

隔天一早，牽摩托車的時候才明白，住宿那麼便宜的原因，樓下站了一群歲數比我大兩三倍的「女牆人」，正和客人討論價錢。昨天那位仁兄也下樓來了，彼此對看一眼，雙手一攤，各自往下一站出發。

正所謂在家靠父母，出外靠朋友，打電話給在左營當兵的明志，中午免不了讓他失血一番。敲一頓後，繼續往台灣最南端騎，心情比第一天放鬆許多，自信與臉皮也增厚了，既然都出門在外了，還客氣什麼？往墾丁的路途中，飄起細雨，入夜後，在南灣街頭尋找落腳歇息處，客滿、客滿，都客滿，上帝是在跟我開玩笑吧！

心情逐漸急躁起來，那時的我還不敢露宿街頭，終於在鵝鑾鼻燈塔附近，找到願意收留我的人，是阿婆婆，她經營的旅社也已客滿，不過有間房間會漏水，問我介不介意，當然是不會，都快露宿街頭了還選什麼。看電視才知道有颱風要來台灣觀光，所以接下來的兩三天都會下雨。洗完澡，下樓和阿婆婆聊天，店裡幫忙整理的是位老兵，他說明年想回大陸老家看看，糊里糊塗去當兵，上船來了台灣，像作夢一樣，一眨眼五十幾年，戰爭終究只滿足少數人的欲望，造成多數人永難抹滅的傷痛，甚至付出生命。

外面雨勢像潑水般，重重衝擊大地，狂風怒吼，宣示颱風即將來到，陸陸續續又進來好些旅客，同樣在尋覓住處，其中有一家四口，孩子都好可愛，爲了可愛的孩子，我堅持把房間讓給他們，自己睡大廳。

（2005/04/23、24）

一個人，從基隆出發

當兵前，曾經一個人騎摩托車環島，退伍後一直想找機會再去一次，不過，這次交通工具要改成單車，而且睡路邊，不是睡旅社。組了一部單車，在原本應該放馬鞍袋的後輪兩側，各綁上一個背包，後座放一件睡袋、一支打氣罐，把手處掛著一個鵝黃色的帆布鉛筆盒，裡頭放零錢、手機、皮夾。背包內裝一套衣服、一件橘色登山外套，加一大盒蚊香。身上帶著兩塊老玉，一是海晏河清，另一塊是負蓮童子，腰間繫著工具鉗、電筒、潛水折刀，腳穿運動鞋。

從基隆和平島出發，沿台二線往東部走，微風輕拂，氣候微涼，適合遠行的日子。回來就得決定，是要聽師父的話，留在台灣，或照自己原訂的計畫，到法國參加傭兵軍團的第二空降團；不過當時，實在想不出台灣有什麼值得留戀的地方、出力的理由。

在水湳洞附近，再一次看到討厭的員山子分洪道，張開幽暗的大口，活像要吞噬每一個經過它面前的人。站在紐澤西護欄旁，望著靛藍的海水，心想，等到分洪道完工啓用的那一天，這一片美麗的海，也將開始爲之受傷、流淚，默默的承受，到時候，隨著海流北飄，水湳洞、深澳、八斗子、和平島，都將受到污水的侵襲，泥沙將直接扼殺好不容易從受傷中康復的珊瑚與海洋生態；而往南，台灣北部最著名的潛水聖地，龍洞，也難逃劫數。不知道是哪個天才設計了員山子分洪道，像飲鴆止渴，救了汐止、五堵一帶的人（理論上可以），卻傷害了這片海，和靠這片海生活的漁民。發牢騷能改變什麼嗎？不能，還是潛水時多撿些廢棄漁網實在點。

騎到福隆，喘了，也累了，在福隆火車站前的一間麵擔停下來，單車靠向柱子，要了一碗麵。正吃的時候，有人跑來和我聊天，興奮的問我從哪裡來、要到哪裡去，心裡咯噔了一下，看著他期待的臉，實在不好說，才剛從和平島出發，惡魔頓時現身，回答，從彰化二林出發，今天是第四天，要去環島，臉不紅、氣不喘，呵……發現自己原來說謊也滿自然的。又哈拉了一陣，順理成章的，出外靠朋友，飯錢免了，又Ａ一大袋飲料。會不會不好意思？當然不會，帶著滿滿的祝福與飲料，揮手道別這個可愛的小鎮，繼續旅途。

打定主意，只要天快黑了，就不走，以免危險，畢竟騎單車夜行，總不能保證每台車都注意到你，萬一被A到，不就衰死了。在大里路旁找了個涼亭，當作落腳歇息的場所。一個人出門其實很無聊，但有一個好處，就是不怕丟臉。涼亭旁有北迴鐵路經過，坐火車看向窗外，看有沒有人跟你揮手道別，離情依依、含情脈脈？不過那要在月台才正常，而我是在每列火車經過時那短短幾秒鐘，拚命揮手，大叫大吼：「一定要幸福喔！」、「小日本去死啦！」、「保重！」、「大陸你個王八蛋！」、「好好照顧自己……」像不像瘋子？不知道，電視看太多了倒是肯定的。

（2005/04/30）

和冬山河格格不入

喊累了，在睡袋四周點上六捲蚊香，人塞進睡袋裡，錢包、手機、玉，一起放到睡袋內，左手旁放著潛水折刀，右手旁放著工具鉗。露宿街頭有一大特色，那就是捐血不用到捐血站，或是找捐血車，蚊子多到可以把人抬回家當血牛用。蚊香用力吐著微弱的煙，趕不跑蚊子軍團旺盛的攻擊欲，前仆後繼，誓死達成任務。一番抵抗後，蚊子軍團沒有絲毫休兵止戰的意思，爲了睡眠，迫不得已，向蚊子軍團舉白旗，用登山外套蓋住頭，有點悶熱，但總比整晚與蚊子軍團近身肉搏來得好。

沒有賴床，一大早就起來了，收拾好行李，繼續往前行。北迴鐵路和道路並行，昨晚的無厘頭舉動，今天似乎更加嚴重，聽到火車聲時，像溺水的人看見浮木，用盡全身的力量，猛踩踏板，追逐火車，放聲大喊，雙手猛揮，活像明德演員訓練班的成員（精神病院）。不少在路上與我交錯而過的人們，都用一種奇怪、而且質疑的眼神斜視著我，我則朝他們微微一笑，接著大笑開來。

天空飄起細雨，流汗加上雨水，全身覺得黏呼呼的，很不舒服，又累又餓。常說，當天父關閉這扇窗時，會再爲你開啓另一扇窗，始終相信自己是幸運而且受眷顧的人，出門遇到下雨，才發覺雨衣沒有帶，一路淋雨。正罵自己笨時，發現馬路兩旁種滿了蓮霧樹，瞪大眼睛一瞧，地上落滿果實，樹上掛滿一串串鮮紅欲滴的蓮霧，看了直叫人流口水。

當下也不客氣，單車放倒，伸手摘了隨意在衣服上擦拭」，直接送入口，哇，甜哦，一顆接著一顆，拚命往肚裡塞，「買的不香，送的不甜，偷摘的才好吃，是我的原則。塡飽肚子後，當然也要帶些伴手，有吃又有拿，不知該感謝養工處，還是蓮霧樹。

一陣劫掠過後，載著滿車勝利的果實，朝冬山河邁進，想看看冬山河是如何的美，規畫整治有何特別之處。在利簡澤橋附近，買了瓶飲料，把單車擺在店老闆看得見的地方，邊喝飲料，邊唬爛是如何歷經千辛萬苦才到達這裡，說著說著，老闆也熱絡的回應，熱心的比畫著，不用錢，就可以進到冬山河的小路，呵……老闆人眞好。

單車寄放給老闆，越過小路進到冬山河，河面平如鏡，沒有流動般，不時有豆仔魚躍出水面，呼吸空氣，還透出一股奇怪的味道，水也混濁不清，下水游泳，當然不可能、絕對辦不到，雖然淋了雨，還不至於發燒到腦袋不清的地步。沒什麼可逛的，這裡適合城市人，我身處在這，有種格格不入的感覺。

天空持續降下毛毛細雨，今晚不能再選擇涼亭過夜了，張大眼睛，尋找寺廟、公園，從蘇澳市區往台九線，也就是蘇花公路起點上坡處，右手邊，發現一間廟宇，廟前有演戲台，剛好可以遮風擋雨（擋一半的雨，一半還是會潑到雨）。躲進睡袋中，蓋住外套，懶得再和蚊子玩生存遊戲，雨天騎腳踏車，感到特別勞累，風帶著雨從外套與地面的空隙灌了進來，連拉一拉外套的力都懶了，很快周公來召喚，便下棋去了。

（2005/05/01）

蘇花公路，今天特別禮貌

隔天，上坡、上坡、上坡，蜿蜒的山路，騎了快三個多鐘頭還是上坡；山，一座繞過一座，有種想哭卻哭不出來的感覺。從蘇澳上台九線，一路往上爬，好幾次想直接騎去撞山壁，那撞完呢？旅途還是得完成，衡量下，放棄了這個愚蠢的念頭。

蘇花公路是雙線道，右手邊是懸崖峭壁，跌下去什麼也不用麻煩，直接回歸大地的懷抱，左手邊是山壁，白線外不到五十公分，就是沒有蓋子的水溝；另一種下場，則是被身後疾駛的砂石車，巨輪往你身上招呼。兩樣想來都會怕，眼睛死盯著地上的白線，專心一致，不敢四處亂瞧，深怕一個不小心，造成別人的困擾就不好了。

奇怪的是，一路爬上來，沒有任何一台砂石車、大卡車、轎車、貨車向我按喇叭，要我閃邊點，也沒有因我阻擋了道路，展現絲毫不耐的心，總是緩緩從我身旁開過，而且讓出足夠的寬度，使我得以平安的繼續向前。往常在平路上，總是呼嘯而過的砂石車，今天顯得特別有禮貌。

很累、很喘，不過心情特別開心，台灣人原來也有這麼可愛的一面。不時有車子開過後，手伸出窗外，比了個拇指，喊聲加油，呵，也回聲謝謝。人情味在這種人我剝離、互不相信的社會中，眞是彌足珍貴，感受到心裡暖烘烘的、特別舒服，疲累感也消去大半；美中不足的是，上坡路還是不見盡頭。

終於、終於變成飛也似的往下衝，那種凌風駕馭的快感，一掃爬山時的鬱悶之氣，不到二十分鐘，抵達了南澳，路旁一家早餐店，冒著蒸煮食物的熱氣，在雨天的山中濛濛的，特別吸引人。點了份蛋餅、飯團加豆漿，坐在屋簷下，觀察人車來往，學生、工人、司機、上班族、附近的居民、觀光客……一股悠閒不做作的氛圍，瀰漫整個村莊，思考著，人生到底在追求什麼，像這樣開家小店，經營生活，不也是幸福？

接下來，山路仍高低起伏不斷，不過已經掌握爬山時該用的妙招，口出三字眞言（就是髒話），緩慢爬行時，口中髒話源源不絕的吐出來，藉此轉移注意力，臉上保持著微笑，俯衝下坡時，使出電視看太多的本領，台詞、歌曲、廣告加鬼吼鬼叫，釋放禁錮的靈魂，一路倒也輕鬆。

選擇在途中休息，眼前的道路，往上延伸到山腹的隧道，化爲一團漆黑，宛如黑洞，對於有點密閉空間恐懼症的我來說，怎麼看都不舒服。在路邊的麵店，胡亂吞了碗麵，尋找著補充體力最重要的神奇飲品，養樂多，猛灌三瓶後，靈魂好像抽離了肉體，全身力氣半點也使不上來，空蕩蕩，類似武俠小說中，內力渙散，舒服的靠在單車上，享受雨後初露的陽光。

（2005/05/03）

群山間一條精緻的腰帶

站上清水斷崖後，眺望山光水色，這段公路修築在近乎垂直的懸崖峭壁間，上不著天，下不著地，鬼斧神工，蔚爲奇景。開路者，爲群山繫上一條精緻的腰帶，底下則是驚濤怒浪、波瀾壯闊的太平洋。此山此景撼動我心，站在紐澤西護欄上，隨風前後擺盪，以水代酒，用水瓶在胸前平行畫個圓弧，水珠散落山崖，雙手合掌，感謝奉獻自己爲後人開闢這條路的工人們；在我心中，唯有默默付出，不爭名、不求利的你們，才是眞正的英雄。

一路拚到花蓮，對花蓮的印象是大理石，因爲之前的工作是按裝大理石的緣故。還有「楊妮」，上次摩托車環島時，在花東公路上遇到的颱風，名字很可愛，其實凶得很，蘇花公路、花東公路，兩條路都被傷得柔腸寸斷，一路落石像下雨一樣自然，不過沒有一顆招呼到我身上就是了，是命大，還是老天不嫌棄，不得而知。另外，是惡臭！在花蓮大橋附近，不知是哪一家工廠，技術非常好，讓空氣中瀰漫一股令人作嘔的味道，呵，看來台灣也有發展化武的本錢，在還沒毒死敵人之前，先拿自己人當白老鼠。

但最重要的，還是吃，對好吃的東西，我總是念念不忘。液香扁食，慕名來吃的人一群接一群，如潮水般，大多不是觀光客便是學生，嘻笑、打鬧、討論、閒聊，氣氛熱烈，只有我一個人孤伶伶坐在屋內一角，活像被排擠，有那麼一點點、一點點，想罵三字經的衝動。

瞄著別人碗裡的扁食，眞的是餓了，口水都快接不住了，等待許久，熱騰騰的扁食終於端過來，愣了一下，碗是瓷做的，而且比別人大一號，會不會是老闆看我的樣子，以爲我是在地人！呵，越吃越開心。

吃完，本來預計要去睡花蓮火車站旁的公園，可是天色暗了，又找不到路，只好順著防坡堤走，看到遠處有一座抽水站，大門亮著一盞燈，河堤下方是河濱公園，地點還算安靜，便決定今晚伴著美崙溪入眠吧！把腳踏車夾在人和牆壁中間，點上蚊香，就戰鬥位置；花蓮的蚊子眞不是蓋的，訓練有素，睡袋拉得緊緊的、頭蓋上外套，竟然還是有辦法偷襲，耳朵傳來陣陣擾人的嗡嗡。

吵得實在無法入睡，決定使出殺手鐧，用一堆堆的蚊香對抗，煙霧瀰漫，燻到蚊子不死，我都快窒息中毒了，一陣慌忙後，終於昏沉沉的睡去。不知是太累了，還是中了迷煙的緣故。

清晨四點多左右，又轉醒過來，蚊子大軍蜂擁襲擊，全身發癢，外套一掀開，蚊香不見了！哇，傑克，這眞是太神奇了！整盒都消失了，看到鬼哦！拿著電筒及工具鉗在附近巡了一圈，什麼都沒發現，不知是哪個王八蛋幹的好事，搞壞我對花蓮的好印象，媽的，沒遇上，不然就扁一頓，太可惡了。

一直對抗到五點多，氣飽了，乾脆不睡了，整理好行囊，在河堤上閒逛，看著一對對不睡覺、一大早跑來河濱公園搞浪漫的情侶，臉上頓時出現三條斜線，心裡納悶著：奇怪，怎麼那麼多「怪角」，什麼時間不好選，偏偏選在這種早晨五點多、天色昏暗的河濱散步，會不會太性格了一點！

（2005/05/07）

迷路了

往花蓮火車站騎去，當兵的時候，在網路上認識的一位朋友，就住在火車站前、國民六街附近。寫信聯絡近一年的時間，從退伍那一天起，就沒再提筆寫下一字一言。

大街小巷亂竄，忽然看見路旁蹲了二、三個嘔吐的人，吐到像噴泉，好佳在早餐還沒吃，不然看到自己也很想吐。仔細查看，全是年輕美眉，停下腳步，坐在路旁，疑問湧上心頭，一大清早就爛醉如泥，站也站不穩，生活壓力真的如此沉重，不能找個普通點的工作，非得陪酒生活才過得下去嗎？不解，或許永遠都不會懂。

接下來就迷路了，才會遇到死囝仔……

（2005/05/08）

在花蓮遇到死囝仔

單車像風般，凌於瀝青鋪成的小路上，目標？沒有！理由？沒有！迷路了沒？是的！左轉右拐，不知不覺中失去該有的路標、指示牌，到了哪?不知!道路兩旁，草長到半個人高，順著風輕輕拂過，向前微微點頭。

任單車慢慢的、慢慢的停下來，看著道路筆直，延伸到遠處的林中，不見盡頭或轉折，路上也不見一人，路旁的水溝，清澈的水緩緩流著，大地靜得令人神往。

放倒單車，讓單車橫躺於路中，鞋子一踢，仰起頭，拿水朝乾渴的身體猛灌，一陣清涼竄滿全身後，靠躺在單車的包包上，成T字形，這種問路法，每次都奏效，不然就沒這封信出現了。

朦朧間，感覺有人在掀我的闊邊帽，輕輕拉我的外套，張開眼，看見一個背光的黑影，擋住了陽光。黑影手拿球狀物，背後散開光芒，錯覺中，我以為看到了天使，搖搖頭，定住昏睡的頭腦。

黑影慢慢在腦海裡重合成現實的影像，是個小孩、是個穿國中制服的小孩、是個穿國中制服手拿椰子的小孩，一時間還會意不過來，畫面好像不太搭，是小孩、國中制服、椰子，還是依然躺在路中央的我?

啊!是椰子啦!書包變成了椰子!腦中空轉著，來不及將想的、看的組合起來，化成疑問。

小孩開口了:「椰子三粒一百!」他身後拉著一台小台車，放著一籠椰子，台車的把手斜掛著書包，扁扁的，跟他的人很搭，同樣曬得瘦瘦黑黑，有一種生命力的散發，鮮活有力！

看他熟練的用十字起子在椰子上鑿洞，插上吸管，嗯！椰子的味道，還是和我的味覺不合。肚子有點餓，問起附近有賣什麼吃的，得到的回答是：往前騎半個鐘頭就有！

言談中得知他是單親家庭，有一個酗酒的老爸，常在把酒言歡之際，忘了家裡還有一個兒子，幾天不出現是正常的；至於賣椰子，是他的生活，也是要讀書所必備。

問他要不要一起去吃飯？得到的回答是：懂事以後，只吃中午。聽了怪怪的，會不會是佛教徒，有持午不食的觀念？

結果不是，只吃中午，晚上喝水，是懂事後就如此了，能力有限，吃飽與上學只能選一樣。他想離開這裡，不想和酒瓶為伍，吃不吃不是那麼重要。

手中的椰子喝完了，停下腳步，他再弄一個交到我手上，是椰子重，還是不斷加增的思緒壓在心頭，有點喘不過氣來。沉默間，走到他家，路旁陳舊破落的水泥四方盒裡，一張木板床、幾張看得出是學校廢棄的椅子，天花板掛了盞燈，可是不會亮；沒電嘛！當然不會亮。

他放好台車，拖了把椅子，到隔壁的土地公廟寫作業，我嘛！單車放倒，晚餐也吃不下了，拿著毛巾，借土地公廟的水洗澡。人間四月天，不是愛情小說，是一個生命努力掙脫命運強加於他身上的枷鎖……。

（2005/02/25）

難道台灣發生了戰爭？

清晨，死囝仔背著書包，走路上學去，我躺在土地公廟的矮牆上，望著天空雲朵，思索著。在認知當中，不管怎麼樣，小孩一定會有人照顧，沒有父母的，也會由祖父母、親戚代爲教養帶大，情況再糟，也有政府機關或慈善機構介入，爲什麼眼前的死囝仔，什麼都沒有呢？難道台灣發生了戰爭、饑荒，不可能啊！昨天在花蓮市區，便利超商、火車站都還正常營業。

跑回市區，一如往昔，什麼事都沒有發生，沒有戰爭、沒有饑荒，有點搞糊塗了，頭殼脹脹的。忽然想吃烤肉，買了堆烤肉用品和養樂多、純喫綠，在土地公廟內升火，煙燻趕跑不少蚊子，然後死囝仔抱了兩顆椰子出現，坐下來。不知不覺中，黑夜籠罩大地，一邊喝飲料，一邊吃烤肉，滿腹的疑問，不知從何問起，手上盤玩著海晏河清，試圖整理繁雜的思緒。

死囝仔從脖子上取下一串項鍊，一塊人形玉佩搭兩顆玉珠、一顆瑪瑙珠，用肥料袋的封口線串起來，捲在手上盤玩著。我眼睛瞪得老大，像天主教徒看見約櫃、賽車的人看見F1、陶瓷藏家看見汝窯……心跳得好快。問死囝仔，玉哪來的？沒理我。盯著他手上的玉，臉上露出不懷好意的笑容。

我說：「那你要什麼，只要我有的，都可以跟你換，還是要賣給我也可以，出個價錢……」人啊！就是貪婪，對很多東西都不在意，錢也是可有可無，唯獨一樣是致命傷、弱點，那就是「古玉」。

（2005/05/08）

關於玉的討價還價

對玉始終有種拋不下、割捨不斷的情感，尤其是兩種古玉，一是漢朝的穀紋玉璧（刻有稻穀發芽的紋飾），一是卑南文化的玉器。在台灣墓葬出土過玉器的，就我所知，只有台東卑南遺址，太麻里香蘭遺址有玉珠，但不能確定（香蘭還沒開挖）。

從卑南遺址出土的玉器中，有一對玉玦（耳飾）在故宮，在台東史前館藏有玉玦、單人玉佩、髮簪及玉珠，台大人類學系有單人玉佩、雙人玉佩、玉玦、髮簪及玉珠，私人藏家有一塊雙人玉佩。在開挖卑南遺址時，有很多人渾水摸魚，A了不少東西，當時我年紀還太小，不然也想去沾沾光。

喜歡上古玉後，最想做的一件事是，「發掘中國固有文化，促進社會經濟繁榮」，俗稱

「盜墓」。所謂「生於洛陽，葬於邙山」，洛陽鏟、封土堆、盜洞、五花土、防盜層、黃腸題湊……，在腦袋瓜裡，盤桓不去，歷史情愫與玉器的傳承，深深吸引著我的靈魂。

手裡把玩著工具鉗，喝著椰子，陣陣烤肉香氣撲鼻，詭譎的笑了笑，凝視著死囝仔說，「匹夫無罪，懷璧其罪，有沒有遇過壞人啊！這裡前不著村，後不著店，一片荒涼，玉賣給我，不然……」但死囝仔緩緩從書包抽出一把約四十幾公分的獵刀，刀柄處纏繞著傘兵繩，嘴裡嚼著肉片，從容的砍著椰子，似笑非笑的看向我，哈，比我還會耍賤，於是兩人開懷大笑起來。第一次遇到個性與脾氣相同的人，而且還很了解我。

漫談著要去參加法國傭兵團和對台灣的種種失望，死囝仔盯著我說，你都願意幫法國賣命了，那你肯不肯幫我？我疑惑的看著他，從來沒思考過這種問題，幫助小孩讀書？

門：「要我幫你，憑什麼？」

死囝仔：「那你爲傭兵賣命，又是爲了什麼？錢、黑水、法國籍，還是無所謂的英雄主義在作祟？」

門：「至少比留在台灣值得，一個虛僞、白賊、怕死又無能的政府，永遠不想自己站起來，寧願當條哈巴狗，向美國搖尾乞憐，那副嘴臉，看了就有氣。」

死囝仔：「是問你肯不肯幫我，你所說的事，是台灣少部分人，跟這塊土地有什麼關係？台灣有尊重過原住民嗎？你對我們的印象是什麼？」

門：「醒的時候在喝酒，醉的時候在哭。」

死囝仔：「你這個王八蛋都這樣想了，別人還不是番仔、番仔的叫，原住民在台灣像是一種原罪，如同黑人與印地安人在美洲的情況相同。」

門：「幫你沒問題，玉給我，到你高中畢業的學費，我都包了，不然我幫你牽溝仔，玉賣給我一位好朋友，攬和角，價錢一定讓你滿意。」心想著，賣給攬和角，最後在我的耍賴、厚臉皮、裝死的擾亂下，玉一定還是會回到我手上，於是輕鬆微笑的看著死囝仔。

死囝仔：「要你的玉給我，你肯嗎？」

門：「那有什麼問題，我不是你那麼小氣的人。」解下負蓮童子遞給他。

死囝仔：「我要你手上那一塊。」

門：「那不行，『海晏河清』是我的生命，也是我的信物，隨身都帶著，上山下海，一刻也不離，有感情了。」

死囝仔：「那你爲什麼要這塊玉？」

門：「興趣。」

死囝仔：「那你有了解、尊重過卑南文化嗎？你知道很多人、事、物，都不是金錢可以衡量的嗎？」

門：「你知道人生最痛苦是什麼嗎？得不到！」

死囝仔：「不對，是得而復失。」

幹，就是要講贏我就對了。

（2005/05/14）

大地母親的溫暖

門：「缺什麼，少什麼，打電話給攬和角，他會處理，我會幫他當書僮來抵錢。」

死囝仔：「我還有兩個朋友。」

門：「有玉要換哦？」

死囝仔：「不是。」

門：「你不要軟土深掘，當我開救濟院喔！包山包海，管那麼寬哦！」

是夜，月兒半掛空中，林中、草叢，不甘無聊的蟲兒唧唧鳴叫，並肩和死囝仔走向海邊，腳下沙、石參雜，走過時發出沙沙聲響。夜的寂靜，透著風帶來海的呢喃，波濤一波一波輕輕撲上岸頭，帶回遊子的寄語。

躺在海灘，感受大地母親的溫暖，不再緊閉心扉，慢慢敞開胸懷，訴說內心的不安與惶恐，夜、海、月、星、山、林、雲……一切都如此慈愛與包容，靜靜聆聽，星光一眨一眨安定我的心曲，海，低喚著我，投入她的懷抱。踢了踢身旁的死囝仔，踏著浪，躍入海中，仰躺海面，如軟絲般，悠悠晃晃。照理說，海不分白天與黑夜，我卻從來不曾在晚上下海游泳，不確定的因素，無法掌握，使我害怕、恐懼，今夜，忐忑之心不再，全身放鬆，任由海流與波浪帶我向何方，享受著舒服的月光，與海同遊。

上岸後，拖著疲憊不堪的身軀，走了快兩個鐘頭才回到土地公廟，死囝仔說：「不錯哦，你也學會尊重海和自然事物了，不枉費我一番心血，孺子可教也。」

門：「媽的，踹死你這個王八蛋，也不早點拉住我，好在你爺爺我身體還不錯，不然老早就餵魚了。」

死囝仔：「上帝說過：『尊敬心靈的智慧。』」

門：「不要對我這個豬頭抱太大希望，我是不能有任何宗教信仰的人。」

死囝仔：「那你看聖經，看個屁啊！」

門：「我是在幫別人看，懂不懂。」

死囝仔：「幫誰？」

門：「囡囡，唯一一個我會怕的人。」

（2005/05/16）

從石梯坪到北回歸線碑

再見和不捨的離別，在彼此之間都是多餘的，一句話也沒說，揮一揮衣袖，各自踏上未來的征途，生命已改變，言語未必能表達內心，展翅，向下一個旅程飛去。

今天的太陽特別和善，尤其親近，熱到想跳到海裡消暑，水一瓶接一瓶猛灌，絲毫沒有減低陽光炙烤身體的熱度，中暑啦！在石梯坪的路旁，買了一瓶濁濁、黃黃，看起來像甘蔗汁，喝起來怪怪的涼水，老闆在路旁山坡搭了間簡單的工寮，有點遺世寡居的味道，隔著花東公路，和海對望著。

老闆和友人下著象棋，閒閒自在，賣著手中這瓶夏天獨家秘方。原本是想買礦泉水，在老闆大力鼓吹、再三慫恿下，天然的最好，遲疑了一下，啊！好啦！咕嚕咕嚕喝下肚，喝了之後，感覺還不錯，只不過就樣子來說，有點噁心。四處看看，在涼亭長椅上躺下來，有道是，良藥苦口利於病，忠言逆耳利於行，剛喝那瓶是甜的，莫非是，毒毒毒呵。

噗通一聲，竄入水中，炎炎夏日，消暑良方就屬游泳了，眞想永遠泡在水裡，化爲游魚，悠閒自在。灣區裡，大海收起她暴躁易怒的臉龐，改以溫柔婉約的笑容，緩緩起伏，不帶一絲浪花，兒時的回憶，湧上心來。二林萬興阿婆家旁，那棵上了年紀的日本釋迦樹下，擺著一張籐編的搖椅，幼小的身軀蜷著，窩在搖椅上，看著樹上掛滿柚子大而刺球狀的果實，伴著微風，傳來陣陣果香，輕輕搖晃，有點頭暈、有點討厭一成不變的前後擺盪，但卻有一股說不出的滿足與幸福感。

撐好「角度」，單車還是一直向右傾斜，快「溫」下去的感覺，扶正，又慢慢傾斜，難道單車和我一樣，受不了這個日頭，在鬧情緒了？呵，就著洗手台洗頭，觀察四周景致，右側不遠處，豎立著一座突兀的紀念碑，和周遭景物不搭軋，直挺挺，立在辣辣的日頭下，特別耀眼。

定眼一看，是北回歸線碑，四周一隻鳥也沒有，更別說是人了，不知都躲哪去了。將頭放到水龍頭下洗一洗，舒服不少，再提兩瓶水進廁所洗澡，胡亂沖了沖，就算洗過，不能洗得太乾淨，防護層都洗掉了，晚上不就被蚊子咬死，呵……涼涼涼，通體舒暢，一股涼意由心底升了上來。

一出廁所，嚇了一跳，單車旁圍了一大圈人，廣場上停了三、四部遊覽車，前一刻還寂寞冷清的場景，登時滿滿的人，拍照、聊天、吃東西、上廁所、介紹北回歸線……人聲嘈雜，嬉笑怒罵聲不斷，一波接著一波，都快淹沒了我。

人群像魔術般，咻一下，說出現就出現，一點徵候也沒有，還好心臟夠強，反應快，要是在晚上，以為鬧鬼了呦！好在，不是好人，但也沒做過虧心事。

胡天胡地，大吹大擂，把小小的一段路程，說成九死一生，經歷千辛萬苦、披荊斬棘、不畏艱難、克服重重阻隔，才來到了靜浦，唬得在場老公公、老婆婆一愣一愣的。

一群來自屏東鄉下的老一輩人，聽得津津有味，我則像是炫耀的孩子，越說越起勁，老人家總是體諒孩子的夢，不斷嘉許，頻頻發問。

大大撈了一筆，飲料、水果、餅乾、名產，拿在手裡，甜在心裡，雖然臭蓋得有點過頭，讓老人家娛樂娛樂也好，呵……指不定哪天，可以在天橋下說書。（2005/05/21）

長濱遺址變八仙洞

海風徐徐吹來，躲在樹蔭下，躺在單車上，望著眼前這一片巍峨聳立的山牆，一處接著一處的洞穴，連綿不斷，洞裡藏著先民的足跡。抱著朝聖的心態來到這裡，長濱文化遺址，俗稱八仙洞，納悶的是，怎麼都變成神壇，遺址在哪？文化在哪？

喝著飲料，和老闆打屁閒聊著，一車一車的遊客，都是來燒香拜佛，「大家都是因爲宗教信仰才來，誰像你，來看死人骨頭、石棺、石牌的，那些東西早挖走了。」

「可是洞穴也是遺跡、文化財產，爲什麼沒有保護。」

「憨呢！文化遺跡可以當飯吃嗎？沒有人關心啦！賺錢最重要，不起廟，不開壇吸引人，我們統統喝西北風哦？保護，那是有錢人才會去想啦！沒錢，屁都不是。」

逛了一圈，嗯，眼前一隻烏鴉，輕拍著翅膀，嘎嘎嘎，緩緩的飛過。

躺在遍布鵝卵石的海灘上，喘著氣，好不容易才把單車從大馬路弄下來，累啊，夜消去白天的燠熱，海風吹來，絲絲涼意，奇怪的是，蚊子一隻也沒有出現，今天休戰吧！望著披上黑紗的天空，雲兒一朵一朵，線條格外明顯，盤玩著海晏河清，微笑著，想要將大地的智慧，透過手的摩擦，一點一滴，慢慢融入腦子裡。

（2005/05/22）

三仙台上的母子

啃著昨天唬爛得來的果實，著著實實飽餐了一頓，滿意的拍拍肚皮，深深吐了口氣，朝著三仙台邁進。海天一色，與風共賞，路上行車，稀稀落落，就此美景，樂到想要唱歌，東一句、西夾雜一句，哼著，恰似人間一仙境。

想到三仙台上瞧瞧，單車立時成了大負擔，胡亂放，怕被「鏘」，不得已只好扛著單車，一階一階，爬過跨海大橋。一踩一踏，扛著沉重的車體，震得想吐，後悔早餐吃太多了，趴在橋上護欄休息，望向海面，海浪沖擊珊瑚礁石，頓時化爲一朵朵白花，煞是美麗。

身前一對母子，兒子理著光頭，身穿袈裟，腳蹬功夫鞋，媽媽撐著陽傘，幫他遮陽，亦步亦趨，關心之情，溢於言表。兒子的頭始終朝向遠方，沒有看他母親，步伐緩慢而堅定，像是意志堅決，破釜沉舟的想出家，媽媽口中喃喃自語，像是苦勸、像是哀求、像是叮嚀，表現著母愛的偉大，頻頻擦拭臉頰，不知是淚還是汗。

而我在曬成人肉乾之前，爬到三仙台的涼亭，風捲沙似的吹著，大口大口「栽」著飲料，側過頭，觀察那對母子的一舉一動。兒子盤腿坐，口誦經文，媽媽在一旁張羅飲料、扇子、毛巾……，很想、很想、很想一腳踹死這個忤逆子，他媽的。

盤玩著海晏河清，緩和激動的情緒，反省、檢視自己，聖經上提到，「看見別人眼中有刺，有沒有注意到自己眼中的樑木呢！」自己與他有何不同？一樣的頑劣固執，一樣的堅持實現理想，絕不回頭，自己決定的事，從來沒有人可以改變、置喙，也不在乎任何犧牲，甚至生命也不在乎；俗話說得好，「未曾註生，就已經註死了」，天命有數，太在意也是枉然。

只是對不起囡囡，一顆心始終耿耿於懷，大概是唯一一次說出口，但做不到的悔恨吧！理想與安定平樂的生活，難難難，在零和的抉擇中，選擇任何一方都是傷害、都不公平。現在後悔嗎？談不上，心裡鯁了根刺，倒是眞的，時常「煨」著心提醒，放軟就前功盡棄了，說什麼也要挺住。很難笑，眞的很難笑，再看看那個和尙，登時可愛了不少，不再那麼「刺目」。

到達台東海生館，門口柱子林立，每根柱子上都裝了部公共電話，快十台有哦！住附近的人，難道家裡都沒有電話嗎？呵，選了個圍牆邊的「卡卡角」，鋪上睡袋，蚊子熱情得很；

不時有小毛頭騎著機車來打電話，興高采烈，口沫橫飛，不脫愛情，呵，不是我要偷聽，探人隱私，實在是他們都講得太大聲、太激動了，渾然忘我，殊不知圍牆邊，正躺了一個人。

聽著聽著，勾起了回憶，起身，雙手抱圈，趴在圍牆上，腳踢著牆邊，望向隔條馬路的港區，漁火點點，搓著海晏河清的手，顫抖著，是不是該打電話給囡囡，問她過得好不好？夜的黑，壓得我有點喘不過氣來，我這個混蛋，怕她是想殺我多一點吧！

深深吸了口氣，撥了電話，全身都在抖，鈴鈴鈴，隨著電話鈴響，呼吸也急促起來，心怦怦猛跳，嘲笑著自己，眞是沒用。接通了，嗯嗯嗯，一時不知所措，好加在，是她朋友啦！那那那，她朋友開口就劈，「你這個王八蛋去死啦！」緊繃的心，頓時鬆了下來，吐了口氣，「呵，這個我知道，謝謝，要她好好照顧自己，有麻煩、困難需要我幫忙的話，告訴我，我會盡力幫忙。」只聽到「呸」，然後嘟、嘟、嘟。能說什麼，自己的選擇，《神劍闖江湖》裡的宗次郎說過，越難過的時候，越要笑，不然自己會承受不了自己的重，全身哆嗦著，盤玩海晏河清的手，都生出汗來，夜色朦朧，什麼也看不清。

（2005/05/25）

被錢K到的痛痛感

位於台東都蘭的「水往上流」，看來還眞有點門道，從地上撿了片樹葉，扔到狹長的水溝裡，看著樹葉，隨水流往視線上方直漂了去，眞可以唬人哦！

在停車場找了塊樹蔭，吃著愛文芒果，一顆接一顆，狼吞虎嚥，吃個不停，弄得滿手滿臉都是，眞是痛快，「有夠甜」，飽了、飽了、眞的飽了，滿足的舔舔手，倒點水，抹了抹臉，悠悠哉哉的，躺在地上睡大頭覺。

周遭嘈雜聲四起，又有觀光客來看水往上流了吧！不理他們，繼續睡我的，鏘鏘鏘，怎麼有錢掉到地上的聲音，半睜開眼，從圓葉闊邊帽下緣看出去，有人在朝我丟錢，還指指點點的，嗯，心中老大一個問號，幹什麼啊？莫名其妙。

不理，繼續找周公去，突然間，身上有被錢K到的痛痛感，媽的，看不起人，眞當老子是「乞吃」喔！奇檬子不爽，姿勢更難看了，怎樣，我就喜歡躺這樣，你咬我啊！人越聚越多，什麼可憐、悲慘……聲聲不絕於耳，哎，難得大家都還有顆心，還是良善的，登時起了捉弄心，成全他們，讓自己多拐點路費。

沒當過「乞吃」，「嘸」經驗，也不知該如何表現才對，想起安達祐實演的《無家可歸的小孩》，裡面劇情湧上心來，「同情我，就給我錢」，好想大喊出來，雖然我臉皮很厚，子彈打不穿，但這句話無論如何還是開不了口。靜靜聽了一陣子，了無新意，忽然想起周星馳在電影裡的台詞，「拿錢污辱我，那好歹你也污辱我十次，錢多給一點」，呵，差點笑了出來，憋在心裡，內傷哦！

等那些觀光客都搭上遊覽車走了，站起來，拍拍身上的灰塵，拿起地上的錢，撿了撿，數了數，以後「無頭路」、「歹轉吃」的時候，來去加入丐幫，到廟口去「分」，也是不錯哦！到廁所洗把臉，瞧了瞧鏡子裡的模樣，一頭蓬鬆亂髮、鬍子沒刮、衣服褲子東一塊西一塊的髒污，活像個流浪漢，不加入丐幫，可惜哦！

（2005/05/28）

鐘乳石在客廳裡，只是碳酸鈣

死囝仔要我不用到史前博物館了，沒東西，該挖的、該拿的、該搬的，台大人類學系早弄走了，空空的一座博物館，格外顯得落寞，外頭幾顆號稱巨石文明的石頭，東拿一塊、西埋一塊，東丟一塊、西擺一塊，早不成形了。

想想，要是復活島的石柱群，放一塊在博物館、一塊丟在海邊，一塊埋在地下、一塊在私人收藏家的庭院裡，那還成什麼模樣？鐘乳石在岩洞裡，才是鐘乳石，在客廳裡，那只是碳酸鈣而已。死囝仔聽耆老說過，本來巨石都是有排列、有意義的，只是、又只是……文化啊，誰徵詢過這片土地原來的主人了。

在史前館晃了晃，嘆口氣，繼續朝太麻里前進，太陽依舊高掛空中，風依然在吹。

理想和夢，本來只在虛無飄渺間遊蕩，只有一股雄心壯志、豪氣干雲與不服輸的勇氣，卻不清楚自己該做什麼，該走的路在哪，唯有等、還是等，等待機會的到來，等待使命的來臨，將不顧一切，放開手，投入生命的力量，去努力、去完成，以求不枉此生。

但我的使命，竟然是死囝仔那個王八蛋嗎？老天，你該不會是在跟我開玩笑吧！不要再整我了，這並不好笑。我不服，我向天猛揮拳、怒吼，自認才智與實力，絕不在重信房子與卡洛斯之下，應該躍上國際舞台，縱橫世界各國，好好的一展身手，爲何、爲何要留在這個蕞爾小島，照顧死囝仔？我眞的不服啊！我……放棄了囡囡，撂下了家裡，禁斷、苛求自己，拋下一切，爲的是什麼，難道只「配」幫助「他」「而已」嗎？

「他」、「他」、「他」，難道只是一個人嗎？那是天使、那是未來，要是你能幫助他們、扶持他們，讓他們能展翅飛翔，好好想想，犧牲自己來成全別人，與犧牲別人來造就自己，你能做到哪一點？重信房子又如何？踩著別人的血，往前走，你當是了不起的事哦，靜下心來，當夜深人靜時，睡得著的那個人，才是你、你所尋找的自我。

我呸，我就是不合作，你奈我何！狂踩著踏板，向前猛衝，想把自己內心的對話，拋諸腦後，風、山、海、樹、車、人……一切、一切，全扔到九重天去，然而死囝仔那張欠扁的臉，卻不時跳到我眼前……。

（2005/05/29）

耶，黃澄澄的帽海

天色近黃昏，肚子又不爭氣的吵鬧起來，只好緩緩滑行，四處搜尋，晚餐的下落。路過一所學校（應該是國小吧），剛好是降旗放學的時候，操場滿滿是人，剎那間，嘩的一聲，片片黃澄澄的帽海，響起陣陣歡呼，波浪般、舞動著，氣氛熱烈、歡樂沸騰，像歡迎我似的，呵……厚臉皮的我，心中泛起一絲絲的不好意思。

臉上靦腆，尷尬的笑了笑，放開緊握單車的雙手，挺起身，朝右邊矮牆內的學生，雙手揮了揮，做個鬼臉，大喊「謝謝你們」。他們的歡呼是因爲我嗎？其實我並不曉得，抑或是我自作多情，碰巧遇上而已，不過，還是很感謝他們，爲我的心，掘開了另一道泉源，滿滿快樂的回憶，留藏在心底；或許他們並不曉得，一個無心的動作，所帶給我的快樂，不過，到現在寫出來的時候，嘴上還漾著微笑，回憶起當時的情況。

嗑了碗牛肉麵，滿足的摸著圓圓的肚子，晃著飲料，牽著單車，沿路閒逛，抬頭看天色，星星都上工了，周圍一片寂靜，只有風的喊聲。該找個地方睡覺了，路標上寫著大武，大武在哪，我也不知，不過這裡人都滿可愛的，很好相處。

看到一座公園，有點破落，圍牆一角，擋不住浪日久侵襲，已經掉到沙灘上了，海風呼呼的狂吹，有點冷、有點吵，不過，晚上蚊子也擋不住如此強的風勢吧！呵，把單車倚在望海亭的樓梯旁，拿著手機去廁所充電。

海風呼呼的狂吼，力量大到人都爲之動搖，天空黑鴉鴉的一片，路燈昏黃在黑夜中佇立，聽浪的心思也滅了，躺在望海亭的磨石子地板上，風不甘寂寞，屢屢搖晃我的身軀，催促著我，敘說路上的見聞。睡袋拉齊至胸前，任憑風百般耍賴，也不肯坐起身來，聽得風在耳旁，喃喃自語，像遊子在陳述孤獨的寂寞。

睡到正熟時，身旁傳來吱吱喳喳的話語，右手扳開潛水折刀、左手握著電筒，伸出睡袋外頭，一照，幾個海巡人員。嗯，當兵有兩種要學，一要混、二要長眼，想必他們也深得其要了。

步上樓梯，坐在二樓石凳上，聊沒幾句，瞌睡蟲爬滿全身，不禁懷念起暖暖的被窩，謝謝他們盡地主之誼的美意，飛身下樓，進入被窩，嗯，眞好。過了沒多久，聽見有人在低聲呼喚，張開朦朧的眼，一袋東西在眼前晃啊晃，還香噴噴的，喂，不用那麼「好禮」啦！還是爬起身來，剛剛的海巡朋友，指了指袋子，手勢比了比吃、喝的動作，啊，好啦，都那麼巴結了，捨命陪君子囉，明天中午再來補眠！

從當兵聊到女朋友，再從機車的長官，聊到未來的夢想，又談到一成不變的苦悶生活，絮絮不休，直到換班。

拖著疲憊的身軀，倒到睡袋上再睡，隔沒多久，低聲的呼喚，再度現身。來的人，露出一口白白的牙齒，在黑夜中格外明顯，最討厭睡覺的時候，有人吵醒我，不過伸手不打笑臉人，何況又是一片好意。他們是聽了上一哨的述說，特地提了袋食物，要來與我分享，空氣中瀰漫著一股濃濃的人情味，薰得我有點醉。

（2005/06/04）

地圖上的虛線

經過旭海到了港仔，附近的路標、指示牌，眞是優秀，指天、指地，就是分不出正確方向來，上次機車環島時，也是在這一帶迷路。坐在路旁，喝著飲料，等了許久，人影不見半個，左等右等，終於出現一位老伯伯，問明了到九棚的路，走走走，還是迷路了，呵。

路上遇到一群出遊的學生，哈啦了一陣，探聽從南仁鼻到佳樂水，有沒有路可走？地圖上是畫虛線，其中有一位說，好像有，不過只可以步行，啊！廢話，要是用走的，上天下海，什麼地方到不了，不過還是謝謝啦！

附近問了問，都沒有答案，又不能撂下單車去試試看，傷腦筋，只好折回九棚，走滿州那條路。山中霧氣瀰漫，夾雜著細雨，籠罩林間，一切顯得迷濛，地上濕滑，只好放慢速度，怕錯過路口，再度迷路，山中不分東西南北，何況我的方向感又差，亂起來，像鬼打牆似的，一直繞、一直繞，累呦。

全身黏呼呼，熱氣不斷從毛細孔冒出來，細雨打在臉上，濕透衣服，怪難受的。駐足在岔路口，以懷疑的目光，注視著指示牌所比的小路，心中打了個大問號，很想擲銅板來決定，走哪條路好。很爲難、很難選，要是走錯了，我的海水、陽光、沙灘、浮潛、水妹妹，不就都泡湯了。

（2005/06/08）

己所不欲，勿施小黃鼠狼

正當猶豫不決的時候，一部休旅車橫停在眼前，車上下來一位身穿原住民服飾的頭目，解決了我的難題，順便送了我幾瓶水，人間處處有溫暖啊！虛含著煞車，乘著風，溜下左彎右拐的山路，穿梭在雨霧繚繞的林中，心裡暢快，豪情頓生。

到了山下，霧都散了，雨也停了，周圍的景致，像揭去一層薄紗，青蔥翠綠、山巒疊起、浮雲飛鳥，別有一番味道。山中的村落，幾間平房沿路而建，家家比鄰而居，平靜安逸，有種遺世而立的感覺，透出的氛圍，讓人忘卻了許許多多的是是與非非，令人心神嚮往。人生，簡單的深深吸口氣，說不出的心曠神怡。

喝著飲料，和山中老人閒聊著，發覺同樣住彰化，工作同樣是「土水師」，他退休後，選擇來這居住，開間雜貨店，無拘無束，閒雲野鶴，心中眞是無比的羨慕。山中無歲月，只是有太多牽掛，不然也想學山中老人，搬張板凳，手執團扇、泡壺茶，與天地共享。

路旁出現一隻像貂的動物，伏在路邊，動也不動。停下單車，趴在地上，緩緩的向牠移動，ㄟ……是台灣小黃鼠狼，賓果！出發前，上墾丁國家公園的網站瀏覽，有在徵小黃鼠狼的照片，瞎貓碰到死耗子，眞的讓我遇見了，可惜沒帶相機；反正有，我也不會拍，這是原則問題，「己所不欲，勿施於牠」啦。

常常閒嗑牙時，會聊到出門時，所碰到的境遇，嚮往的人很多，但我不喜歡拍照，讓人有種先入爲主的觀念，唯有親身經歷，才能了解，當時的感受。照片只能留下片段的回憶，唯有親眼所見、所聞，才是眞實，屬於自己。

一步一步緩慢移動身軀，從包包拿出一顆芒果，越接近，心跳得越快，激動啊，大白天的，如果有人看見我的行爲，一定覺得很好笑吧！大馬路旁，有一個人趴在地上，手裡握著一顆芒果，拚命往前伸，身體像毛毛蟲般，在地上蠕動著，一曲一張、一曲一張，臉上露出傻傻的笑容。

還好我不在意別人的目光，看就看唄！當作娛樂也好。倒是牠一點也不介意似的，自顧自，享受著陽光，瞧也不瞧我一眼，臭屁得很。接近到能看清楚看明牠的一舉一動時，停下一切動作，時間凍結，彷彿天地之間，只存在我與牠了，一直對牠傻笑，我的善意，不知牠明白了沒？

在有點毒的太陽下，來到了南灣，到 7-Eleven 買了兩瓶養樂多補充體力。站在門口，看著人來人往，想著要是睡在路邊，那是如何的景況？再擺隻碗，說不定又可以變丐幫來討生活了，呵，想太多、想太多，可一不可再啊！

正計畫的時候，有小蜜蜂飛來，問我是不是在找住宿的地方，好啊，都在問了，住啦！可是看我這身行頭也知，太貴的不行。往肯德雞旁的小巷進去，幾步路而已，拿出陳積多時的衣服，統統塞到洗衣機裡，滿意的瞧了瞧，還附烘衣機，眞不錯。洗完澡，都弄好了，夜已經悄悄來臨。

（2005/06/18）

中山大學有一組野戰女子

媽的，白癡攬和角找我，沒辦法，都看到訊息了，不能再裝傻，只好回電。拿著零錢，去 7-Eleven 打電話，通了，話還沒講，就被砍劈了一頓：「沒死在路上哦！都找你幾天了，電話也不回一通。」

門：「沒電啦。」

攬：「那手機是裝飾用的喔！」

門：「凶凶凶，凶個屁啊！我你兒子哦！對了，有沒有一個死囝仔打電話給你？」

攬：「他媽的，你的朋友沒一個正常的。」

門：「麥安咧講，不然怎麼會認識你？」

攬：「什麼都沒說，開口只要我匯錢過去，嚇我一跳，以爲他綁了你，打來要贖金，不過，你不太値錢。」

門：「最好是這樣子，還有，別理他，他就是那副死樣子。」

攬：「有匯給他了，他說，你找他再下高雄，挑戰中山大的女孩子。」

門：「對啦！大概半年後，要把面子要回來。」

攬：「眞不死心呢，輸得不夠難看就對了。」

門：「你爸我就是不信邪，上次是我失手。」

攬：「失你個頭啦，城市游擊、室內近戰，我們都不是她們的對手，趁早死了這條心。」

門：「看不出來，你還會服輸哦。」

攬：「不是服輸，是有自知之明，人有幾兩重，自己要知道，光吹牛是沒用的。」

中山大學有一組女孩子在玩生存遊戲，當兵時聽說，台灣的童子軍，不管你是天上飛的、地上爬的、海裡游的，兩「欺」、三「欺」，都是自欺欺人而已，上電視耍耍猴戲可以，實力，沒有啦！沒有一隊是她們的對手。

起初還不太相信，最後，唉！實地打一場之後，也只是爛泥扶不上牆，實在不信邪，找了我師父和死囝仔一起去雪恥，結果那一晚，所有參加的人，都去旗津跳海了。呵，隔天我師父就出國了，這大概是他這輩子以來，唯一丟臉的一次吧！很難想像竟然敗在女孩子手裡吧！還好，他還記得自己是軍人，不然可能會自殺！呵，很久一段時間，都不和我說話呢。

我呢？認栽了，實力不如人，還有什麼好說的。看不起女孩子？當然不可能，重信房子在二十來歲的時候，日本、法國，鬥智鬥力都敗在她手下，而且付出相當慘痛的代價，和永遠抹滅不了的羞辱；更何況這是一整群人，有著艾塔或是三角洲的實力，只是沒那個空間讓她們發揮，要不然……國家如果吸收她們，放去大陸，那大陸不死也要脫層皮。

呵，來到鬧烘烘的墾丁大街，滿滿的攤販與人潮，充斥著南台灣應有的熱情，身處其中，不自覺笑了，不是因爲滿街的水妹妹，麻辣養眼，也不是手中烤肉飄香的緣故，而是一股生命力，隨著夜的到來，籠罩南灣。坐在街道旁的長椅上，春天的氣息，正從每個人的身上散發出來，感覺是該去喝一杯的時候；可惜，我不能喝酒，認命一點，喝喝西瓜汁，虧虧妹妹就好了。

（2005/06/19）

海底出現重裝的怪獸

隔天一大早，徜徉在海的懷抱裡，心中昇起一股近乎幸福的甜甜感，學著海豚在海裡舞動、翻游，我想，我上輩子一定是魚吧，今生才會如此貼近海。直到當兵，才知道我喜歡海、依賴海，不管心情好與壞，大海都會擁抱我、接納我，靜靜分享我的心情，仔細聆聽我訴說的傷痛話語與喋喋不休的不滿，所以我討厭不尊重海的人。

哇哩咧，海底出現兩頭穿著重裝的怪獸，嘴上吐著泡泡，腳上卻沒有蛙鞋，用太空漫步的姿勢，在摧殘著珊瑚與海底生物，挖拷，大海雖然號稱內太空，也不能如此亂搞吧！中性浮力學假的哦！潛水是悠遊水面與海底之間的水域，欣賞著海的多變與美景，不是叫你學酷斯拉大鬧紐約似的，拚命踩著脆弱的珊瑚。心在淌血，吸一口氣，往下潛，比了比腳上的蛙鞋，與上岸的手勢，回到水面等一下，竟然不鳥我。媽的，再潛下去，把兩個混蛋的氣瓶頭關掉，沒有氣，看你能撐多久，底下一陣手忙腳亂之後，依然故我。

幹，不使賤招，是不會怕就對了，抽出潛水刀，潛下去，擋在前頭，比了比戳 BC 的動作，等著，兩隻怪獸終於受不了我的干擾，往岸上走去。上了岸，重重的把手上的潛水刀往地上一甩，瞪著兩個王八蛋，開口問：「爲什麼不把 BC 充氣，游回來？」回答竟然是：「不會游泳。」媽的，有勇氣，不怕死，第一名，可以出國比賽了。

本來想扁他們一頓，再掐死他們，可是算了，跟這種人計較，實在貶低在下我的人格。我的語言，他們是不會懂的，一種尊重海洋、共同的語言。

聯絡「找死的」，告知今晚要去睡他那，往西部過來之後，整路都有朋友，吃住不用擔心，算是人緣不差，做人還不錯的結果。出門在外，當然要好好把握難得的機會，白吃、白喝、白住，狂削一頓，不然怎麼對得起這群「好」朋友呢！

日頭也未免太熱情了，熱到快中暑，水一口接著一口直灌，熱氣還是侵襲全身。冒汗、冒汗，頭戴圓葉闊邊帽，底下再塞條毛巾，圍著頭的四周遮陽，只露出眼睛來，辣辣的陽光依然故我，沒有稍減的跡象，眞、眞、眞……還是別亂罵的好，不然就皮癢了。呵，瞧我這副模樣，最好不要走進便利商店，不然，人家還以爲我要來搶劫的咧！

（2005/06/25）

阿婆說：洋蔥是水果

買了一袋洋蔥。剛剛向阿婆問路的時候，她告訴我，當水果吃也不賴，那、那就來一袋吧！不試試看，怎麼知道是不是眞的，何況我是好奇寶寶出生的。

筆直的道路，焚風肆虐，柏油路熱到都在喘，我也快被烤成人乾了，放開緊握車把的雙手，挺起身來，嘴中念念有詞，希望來陣及時雨化解暑氣——當然沒效，呵，想太多、想太多，正所謂「天要下雨，娘要嫁人」，都不是你有辦法或是決定的事。

剝著洋蔥，懷疑的看著脫去紅紅一層外皮的白洋蔥，眞的像水果嗎？阿婆，騙人是不對的行爲哦！拿起來，啃了一口，辣辣的，一股辛味，不過還不錯吃啦，滿多水的、稍微甜甜的，剛採收的，眞的可以當水果。

到了林邊火車站，時間還早，「找死的」還沒下班，肚子咕嚕咕嚕直叫，不是說，「人是鐵，飯是鋼」嘛，還是先塡飽肚子重要，本來預計要好好敲「找死的」一頓，這下算了，自己去吃好了。

撿了個正對電視的位子坐下，東西都還沒端上桌，電視新聞報導，台灣又摔飛機了，哎，人生無常，無常即是苦，想太多也枉然啦，吃飯、吃飯。

生死有命，強求不來的，誰也不知道，什麼時候會死，天命不可測，更何況，對死，大家都沒經驗，也不知道死後到底會如何。總之，現在永遠比將來重要，在我的觀念裡，與其期待明天，不如現在就去做，實際點，有夢就要追，其他都廢話啦！

「早起的鳥兒有蟲吃，早起的蟲兒被鳥吃」，我呢？都不是，只是一個一大早被趕出門的人。「找死的」還眞不夠朋友，大驚小怪，自己的妹妹是小護士，應該高興，而且宣揚給全天下人都知道才對，那才會有更多人來追、身價才會漲啊，怎麼我多問幾句也不行，我是會吃人是不是？眞怪了，「找死的」長得一副壞人樣，妹妹卻是一點都不像，可愛多了。

（2005/06/26）

在高雄的矛盾心情

從和春技術學院往左營的路上，有一家很有特色的店，賣「紅茶豆漿」——不用懷疑，你沒聽錯，我也沒有講錯，就是「紅茶豆漿」。放心，喝了不會拉肚子啦！這也不是什麼譁眾取寵的事，聽說賣很久了，感覺還不錯喝，可能加了回憶，效果加分吧！

到了高雄，心情就來了烏雲，有點沉重，思潮起伏，往事一幕幕湧上心來，人也變得迷迷糊糊、昏昏沉沉，內心的觀感與周遭景物彷彿隔了層膜似的，一切變得那麼虛幻，像是一陣風吹來，渾身都會碎成片片雪花，飄落地面、無影無蹤。

可是從雙眼看出去的世界，卻又如此眞切、實在，有點分不清，是夢還是醒，恍恍惚惚間，又來到孟子路，像是有一條無形的線，拉扯著我，硬要我再回到這裡似的；還是內心期盼的壓力，非得再來這裡看看不可？不知，眞的不知，很多事，都不是我這顆豬腦袋，想得清、理得明的，更何況這麼複雜的事。

期待什麼，妄想還有未來嗎？還是後悔當初沒有結婚呢？有一個愛我的人，安定的工作、幸福的家庭，不是很多人所追求的嗎？那麼爲何不走入家庭呢？是夢想、是理想在阻攔嗎？不是，一個痞子哪想那麼多。

害怕在二十幾歲的現在，已經可以預見自己三十年後的生活模樣，平淡安逸、無所變化，是那種普通到灑落芸芸眾生之中也分別不出的平凡，所帶來的恐懼嗎？不是，在我的內心深處，一直認爲，平安就是福。

不然是白目、皮在癢？當然不可能，無事生非，不是我的風格好不好！難道是垃圾師、攪和角的影響，要不就是電視看太多，無聊的英雄主義在發作？不可能，在我的觀念裡，世界沒有英雄，有的只是踩著別人的血往上爬的混球罷了。那是爲何？到底爲何？一直問自己，一直在追尋著答案，始終霧裡看花，越看越模糊。

朦朧間，出現死囝仔的答案，越來越清楚，但我用力搖著頭，我呸，他算哪根蔥、哪顆蒜，搞不清楚狀況，眞想打電話去「幹譙」他兩句，沒事敢在我想事情的時候，冒出頭來，欠扁哦！可是他家連電燈都沒有，哪來的電話啊！打給他的拖鞋哦，眞是夠了。

算了，算他好狗運，只好打電話去「問候」攪和角一頓，牽拖一下也好，不讓他有回嘴的機會，劈哩啪啦連砍之後，直接把電話掛了，嘿嘿，如何，你爸爸我就是手機不充電，打公共電話問候你，你奈我何！

一般超商都是7-Eleven、OK、全家、萊爾富，偏偏在高雄，「界陽超商」特別多，也不知是什麼原因，我猜想，可能是高雄比較有自我意識的緣故吧！像高雄的女孩子，辣得有個性，衣服很會搭，又有個人風格。

買了瓶純喫綠，眞實不說，沒有人會知，其實我很討厭純喫綠，打從心裡厭惡那股味道，不合我的身體，總有呑藥的苦澀感，不過我故意讓周圍的人，一直誤認爲我喜歡純喫綠；如同去泡沫紅茶的時候，會點檸檬多多一樣，那股酸勁，眞的令我的胃翻騰絞痛，難過極了。但是，我就是會讓身旁的人，誤會一直加深，而且近乎堅持，這種白癡的行爲。

一大早爬起來，骨頭都快散了，天空灰濛濛一片，城市彷彿還在沉睡之中，沒睡好，討厭失眠的糾纏，難過喔！再躺一下，思緒異常清晰，算了，緩緩收拾行囊，牽著單車，繞到大樓後方的小巷中，向熟悉的窗口再看一眼，再見了、這次眞的再見了，回基隆後，馬上要搬回彰化去，希望妳過得幸福，願上帝與妳同在，阿門。

（2005/06/28）

新營工地，熱情又好客的蚊子

上路後，哇哩咧，遇到爲我亂指路的人，喂，不知道騎腳踏車是人力，很辛苦耶，走錯路再找，得花很長的時間才補得回來，更何況我這個路癡，眞虧還哈啦了那麼久，「黑白比」，夕陽都在嘲笑我了。

騎夜車，肚子呱呱叫，水又只剩一瓶，整條馬路暗得連路燈都沒有，更別提賣吃的，有點慌，有點急，左瞄右瞧，尋找今晚落腳的地方，啊！就這好了，一處興建中的加油站工地，地上清了清，拿了塊紙板墊底，鋪上睡袋，點上六捲蚊香。

蚊子，來吧！但肚子還是餓，還好預備著餅乾，雖然有點迷糊、有點懶，但常識還是有的啦！坐在圍牆上，啃著餅乾，配著水，手不時揮舞，驅趕著緊靠過來吸血的蚊子。這樣的夜，一個人，總是會有點淒涼落寞感，更何況，我是一個容易胡思亂想的人，要走自己的路，追求自己的人生，總得忍受孤獨的糾纏，長夜漫漫，想說給人聽，可是誰懂呢？有什麼特別的感觸沒有，當然沒有，只是發發牢騷而已。

啪、啪、啪，聲響掩蓋過我無聊的情緒，獨處荒涼，屁啦，沒看到這一大群可愛、活潑、熱情又好客的蚊子哦！不見牠們有絲毫害羞、陌生的隔閡感，一直親切的招呼著我，團團圍繞在我身旁，不肯離去。

嗡嗡嗡，證明牠們爲數眾多的惡勢力，而且沒有因爲我打死在腳上、手上的同伴血跡殘骸，而有所懼怕退縮，依然勇往直前，伺機擁抱我，喔，不客氣、還眞是不客氣，太久沒進補到人血了，鮮吧！

有股衝動，想打電話給一個人，那個人就是住在台南的小如如，問候一下她的親戚朋友，大大稱讚一下新營的蚊子，教育得眞好、眞他媽的好，好樣的。（她就是那位在我出現之後，很多人想知道的如小姐，但我沒見過她，我們是網上認識的朋友，只有通電話和寫信聯絡，而且我也告訴過她，有一天，我消失了，就不要找我了。不想見面，是怕有一天我出事了，警察與媒體會找她麻煩。）

（2005/07/09）

西螺果菜市場，籃球大的小玉

梵音繚繞，空氣中漫著一股檀香味，彷彿置身莊嚴的佛門聖地，炎炎夏日，清心靜念，雜念盡除，有種自然涼的微風，徐徐吹來。可是，咦，怎麼感覺越來越冷？明明就躺在大太陽底下，刺眼的陽光還使我睜不開眼，爲何陣陣涼意蔓延全身，毛細孔都豎起來了，冷不防，顫抖一下，ㄟ，莫非隔壁這群「先人」，不太習慣有陌生的生人在此逗留，還是他們在說冷笑話，我雖然沒聽見，可是也「冷」咧！

也不是什麼恐怖的地方，只是在示範公墓躲躲夏日的猖狂而已，隨意選的，反正差一口氣而已，沒有多大的分別。不過現在的我，只想當一位過客，暫時休息，還不打算長眠此地，呵。

接下來，單車繼續啓程，在惱人的熱浪中，能吃口冰冰涼涼的西瓜，是既消暑又幸福的事，那鬆鬆綿綿、多汁的果肉，想到就流口水。佇立路旁，地點在西螺果菜市場大門對面的馬路上，路旁攤子擺著一顆顆碧綠渾圓的小玉，吸引著我的視覺、牽動我的味蕾，不由得又呑了口口水。

選了顆和籃球一樣大的小玉，價錢不到一百塊，眞是便宜又大碗，現場剖開，不錯哦，金黃的果肉，散發誘人的果香，用潛水刀一邊挖、一邊拾起汁水淋漓的果肉，大口大口往嘴裡塞，滿足啊！眞不愧是果子狸來出世的，一碰到水果，精神就來了。

攤子前，阿婆坐在小板凳上，揮著手，召喚路過的車輛，停下來品嚐香甜的西瓜，不過煩人的燥熱，讓馬路上的車輛稀稀落落，少得可以，很久才見一部從遠方視線中浮現，卻是疾駛而過，呼的一聲，帶起路上的粉塵，在車後形成煙霧，四處飛散，有點討厭。阿婆依舊揮著手，樂天的表現出鄉下人該有的堅強。

到底是看天吃飯、還是靠人吃飯，整條街上的西瓜攤，擺攤的，全都是上了年紀的老者，形單影隻，看了是五味雜陳，不知該說什麼好。正午時分，太陽發威，整條馬路像沸騰了一樣，扭曲搖晃，大碗公裡盛著飯菜，配著難耐的炙熱、飛揚的沙塵，一口一口表現出對生命的順服與對人生的不爭。

審視每個人的臉，絲毫察覺不出豐收的喜悅。農村剩下老人與小孩，城市帶走了青壯年，一年到頭，團圓的日子寥寥可數，社會快速變遷，人們追求物質生活的改善，在不知不覺中，腐蝕了農村的根，也傷害了農村的文化。阿婆牽著腳踏車，準備去接下課的孫子，隔代教養，正在發酵，朗朗的天，凝視遠方殘雲，我皺著眉，扁起嘴。

到了彰化，晚上出門去會見好久不見的同學。隔天一大早，跑去彰化市，吃懷念的阿璋肉圓、羊肉羹麵、煎餃，都是我回彰化必吃的東西，嗯，滿足，其實我是一個很容易快樂的人，有得吃、有得住、有關心我的人，就會對人生充滿無限希望。

（2005/07/10）

卸下盾牌，在台中休息

打混了兩晚，是時候，該走了，不是良心發現，而是攬和角正好回台中，換去吸他的血了，哦！不是，是好好聯絡一下彼此深厚的情誼。從大門圍牆的電動門外，往內丟了顆蛋黃竹筍包進去，呼的一聲，攬和角他家那隻賤狗，不知從哪竄了出來，一躍，噗，包子已經咬在嘴裡，邊吃尾巴還邊搖，樣子滿開心的。

第二顆包子，直接瞄準牠的頭砸去，賓果，正中目標，嘿，也不知道為什麼，當兵前看到狗都會抖，可是當兵後就不會了，不知是膽子大了，還是覺得狗比起人可愛多了。

進入屋內，下午兩點多了，攬和角還賴在床上睡大頭覺，直接跳上床，猛踩、猛踏、猛搖，用力拉著被子，上下上下抖動，舞成波浪狀，順手抓起枕頭，朝他蜷曲的身體狂K。攬和角睜著睡眼看向我，突然間，暴起，反撲過來，呵，兩個人鬧成一團，像小孩子般，打起了棉被戰。有時，我想，有一天我死了，這個世界上，會為我傷心難過、會記得我的人，只有他吧！呵，想太多、想太多。

黑夜悄悄送走白晝吵雜的人聲，帶來適意的唧唧蟲鳴，與嘓嘓的蛙鳴，天空帷幕上，星光點點，不斷閃爍，月娘烏雲，忽隱忽現。坐在碗形的籐椅內縮起腿、側著身，舒舒服服讓籐椅包裹住。

啜飲著西瓜汁，翻動烤肉架上的雞腿，啃咬著玉米，微風吹過稻田，木麻黃樹梢傳來暗光鳥嘹亮的叫聲，劃開寂靜的夜。現在的我，什麼理想、愧疚、目標、害怕、快樂與不捨，一切的一切，在這一刻都不再想起。

放鬆緊綳的神經，不再爲了別人，表現設定的一面、舉起那面可笑的盾牌，聊天也是隨意胡扯，他家的賤狗、我家的喵喵、地上的石頭、手中的玉……生活簡單，有時我想，自己適合鄉下種田的生活，攪和角常講，「你撿牛屎好啦！」

仔仔細細洗劫了他家的冰箱，清光廚房內一切能帶走的食物，帶不走的，盡量往肚子裡塞，一邊不斷用腳撐開賤狗，不讓牠跟著我走，停在交叉路口，一直揮手，喊著，要賤狗回去，看著賤狗白目的神情，笑了出來，眞是什麼人養什麼狗，那副嘴臉就是欠扁嘛！

（2005/07/16）

竹北小鎭，有如加薩走廊？

沿著濱海公路，往新竹的方向騎，除了天氣熱了點，眞是適合騎單車的日子，白雲悠悠，青山綠野，海風徐徐吹拂，愜意啊！突然間，後輪抖了一下，瞬間變得沉重起來，直覺意識到，是後輪破了，不會吧！

出門這麼久，還是第一次遇到「破輪」這檔事，停在路旁，仔細檢查了一下，我看，一根和大頭針差不多粗細的鐵絲，刺進了輪胎，他、他、他媽的，狠狠拔了出來，雪特！繼續騎，後輪沒風，不時滑來滑去，頻頻回頭察看狀況。唉，不行了，認命點，找地方修理吧！

人間處處有溫暖，這句話是一點也沒錯，路旁一位在家門口休息的人，熱心的帶我從濱海公路轉進新竹市區去修理單車。補胎期間，順便打電話給「河馬」，一位軍中學長，是麻吉，本來預計今晚去投宿他那裡，竟然告訴我要上夜班，打亂我的計畫。

只好在濱海公路竹北附近，找一間廟，想來想去，還是住廟裡好了，今天眞是倒楣透頂了，剛剛騎夜車的時候，經過舊港大橋，橋上是連一盞路燈都沒有，黑鴉鴉一片，要不是恰巧後方來車的燈光，照到橋面上散落的汽車輪胎，不就摔死了。

好加在命大，也不知哪個缺德鬼，東西掉了一地也不撿、也不處理。不過想想，還好平常沒做什麼虧心事，上天還是眷顧著我，不然剛剛那一摔，可能直接飛到橋下去，變成小飛俠了。

在廟和倉庫的中間走道，鋪好睡袋，直接躺平，懶得再動一根手指，累啊！聽到外頭有人的步伐，整理這一整天不順的種種，突然聽到一聲微叩，像是石頭掉到地上撞擊所發出的聲響，接著聞到一股氯酸鹽類燃燒後所產生的氣味，渾身冒起雞皮疙瘩，下意識警覺到危險的靠近。

側身，轉頭往前一瞧，地上一點微弱的亮光，像是菸蒂沒有捻熄，在烏漆抹黑的夜裡，看了格外令人心驚膽跳，直覺，危險，閃！立刻反趴，變成腳對著亮點，手肘撐地，胸口離地十公分，右手摀耳，嘴巴微張，左手拉著睡袋護住頭，用毛毛蟲的姿勢，往廟後爬去。

心想我是身處台灣吧，不是置身在貝爾法斯特街頭，也不是待在加薩走廊的檢查哨，爲何有這麼離譜的事，發生在我身上。電光石火間，碰、碰、碰，連三響，撼動了寂靜的夜，也震驚我的心。

立刻站起來，微蹲，背緊貼著牆，右手抽出潛水刀反握貼於手腕，左手持著電筒，仔細聆聽廟前的一舉一動，還好自然反射動作依然敏捷迅速，總算沒有丟臉。可是想不透，這不該發生在台灣的事情，怎麼會在竹北這個小地方遇見？

結果發現，原來是飆車族的傑作，媽的，那麼多東西不好玩，偏偏玩鞭炮，還亂扔，心中老大的納悶，這是遊戲嗎？想過了沒有，嫌自己命太長了是不是？和來拜拜的人一起「幹譙」那群王八蛋，實在不知道他們心裡在想什麼，難道他們想參加東突厥學生組織，正在訓練自己也說不定？

不過，也算因禍得福，撈了點好處，和拜拜的人聊過之後，他們拿來祭祀用的水果，全部送給我，看來倒楣了一整天，總算有點收穫，而且他們是開早餐店的，明天一早又可以去吃頓免錢的，呵。

（2005/07/17）

這個世界太過分、太無情

騎到八里，熱鬧的街頭，人聲雜沓，觀光客雲集，映入眼簾的盡是一攤攤的小吃，顧不得找渡船頭在哪了，一攤吃過一攤，口裡咬著、手裡拿著、車把上掛著，眼睛還四處搜尋飄香的所在，臉上一副饞鬼的模樣，像極了掉到酥油缸裡的老鼠，滿足啊！秉持著能吃就是福的道理，寧願吃死，也絕不餓死的原則，人生嘛，何必跟自己過不去呢？肼就胖唄，誰怕誰。

穿過狹小的巷弄，兩旁的街景，散發濃濃的古早味，來到盡頭，眼界爲之一開，淡水河靜靜橫躺在眼前，緩緩的流向大海。河的對岸就是淡水了，買了張船票，牽著單車上渡橋，立刻打通電話給「小胖」，今晚的晚餐和住宿的指望，全靠他了。

但計畫永遠趕不上變化，竟然不通，忽然回想起，當兵休假時，曾在小胖家住了一段時間，小胖家收不到手機訊號，阿哩咧！健忘，更慘的是，忘了他家的電話。想跳河嗎？不可能，我雖然有點人來瘋，做事不按牌理出牌，但看著這條混濁的河水及身旁天眞的孩童，算了，不要亂生事端，惹麻煩。

一步一步爬著要命的斜坡，大口大口喘著氣，只爲了去吃文化阿給，眞服了自己，愛吃到這種地步。隨意選了張路旁的涼椅，癱軟的躺下來休息，想著，這麼早，是回家好呢？還是猜猜自己還記不記得小胖的家？游移不定，腦袋瓜跑呀跑，可惜小胖是男的，要是水妹妹，我是連想都不用想，腳自然會往該去的地方，這是天性，所以，算了，回家好了。不是忘記路，是太了解自己，不用再多跑一趟。

點了杯卡布奇諾，拉了張椅子，和海對望，想問的是，一切的生離病苦，如何不在乎？對別人的處境，如何感同身受？歇腳的地點，在北濱公路的石門洞，身旁停了部行動咖啡車，不時傳來煮咖啡、烤鬆餅時所散發的香氣，濃濃稠稠的，與海的鹹味緊緊結合在一起。平凡，不是很好嗎？與世無爭，豈不悠閒，爲何搞得自己如此累？問自己，也說不出個所以然來，只知道自己有夢，靜靜寄存在心裡，但不了解是什麼，唯有透過生命的追尋，才會明瞭。

回到基隆家裡，空蕩蕩的屋子，充滿回憶，一個人，環顧四周熟悉的擺設，懶得再想了，直接趴在床上。累嗎？不，身體被某種力量牽引著，隨手抓了把零錢，拖著沉重的步伐，走去公共電話亭，打給攪和角，告訴他，生病了。什麼病？想形容，卻沒辦法具象化陳述出來。

回到家，摸摸身旁喵喵的頭，搔了搔牠的肚子。喵喵露出舒服逗趣的臉，翻轉身子，肚子朝上，四隻腳時而抓住我的手，用牙齒輕輕咬著，時而使出無影腳，踢踢踢，擺脫我手的糾纏，扁著嘴，抓了抓頭，一眼睜大、一眼微閉，看著小叮噹。

離開妳，就等於結束了平和的生活，對於未來我一無所知，但我會把握住唯一的機會，替死囝仔他們爭取應有的照顧和權利，這個世界太過分、太無情，已超過我的忍耐範圍。緩緩盤著海晏河清，瞪視著天花板，舉起身旁的盾牌，不再讓別人了解我的喜怒哀樂，一切以實現夢想為主，去準備。

（2005/07/23）

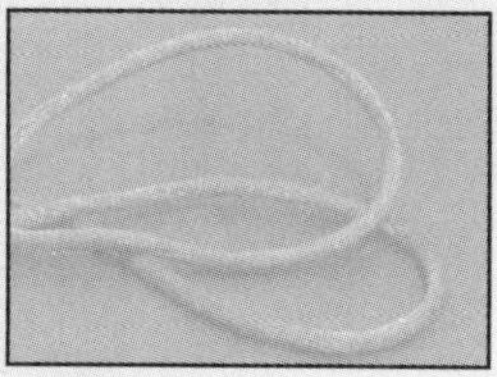

【第五章】

攪和角與死囝仔

和攬和角去修禪七

背包裡裝了兩套衣服，幾本書，一大包零食，外加硬塞兩個睡袋，睡袋中間夾藏肉乾，左手提著飲料，右肩扛著一箱水果，今天的工作是書僮、伴讀。說小跟班是難聽了點，任務是陪攬和角上山去修禪七，禪七是什麼意思我不知道，只知道從今天開始到七天後都茹素，吃素對我來說是殘忍了點，所以藏包肉乾好解饞。攬和角的老爸說，只要攬和角做完禪七，下山薪水就是一萬五，呵……那麼容易，攬和角敢跑的話，我就打斷他的狗腿。

一層層的階梯，用粗製的石塊疊成，表面經過人來人往的踩踏，磨得有點光滑，而中間略顯凹陷。山路呈之字型向山上延伸，天氣微微有點涼意，加上山上有霧氣，應該是加件外套的時候了，可是我卻是滿頭大汗，東西太重了，而攬和角裝一副死樣子，嘴裡喝著飲料，一手拿著樹枝，東敲西打，活像出門遠足的人。媽的，同情心死到哪裡去了，要不是看在錢伯的面子上，老早一腳把他踹下去了，氣。

走了許久，終於看見一落ㄇ字型的平房建築，中間主體墊高五階，兩旁各是三階，屋瓦是橘紅色、素燒不上釉的月牙瓦，底下是半人高的紅磚砌成的牆，加上木製結構支撐整個屋頂，走廊地上鋪著三十公分見方的素燒磚，室內是木製地板，中間的空地用青斗石組成。不用看得太清楚，就曉得接下來的日子，一定不好過，氣氛不對，尤其對我這種皮仙來說，太嚴肅了。

來了一位師父，念了幾句阿彌陀佛後，要我們把行李放在地上，他拿出睡袋，抽出來，抖兩下，肉乾隨即掉了出來，嗯、啊、嗯，場面有點尷尬。師父說，只能帶睡袋，其餘物品，連口袋內所有東西都得掏出來，放在地上，一樣也不許拿。廂房是在右手邊第一間，前後各有一扇門、一扇窗，什麼是家徒四壁，看這個房間就明瞭，天花板上連盞燈都沒掛，根本是個開了四個孔的箱子，感覺好像上了賊船，豐富的齋菜也別想了。不過值得安慰的是，攬和角的臉色比我還差，呵。

天色漸漸昏暗，該是放飯的時候，口有點渴，肚子也餓了，攬和角要我發揮伴讀的本分，去問哪裡有吃的，小師父的回答是：「我們守持午。」意思是過午不食。臉色有點綠，不太好立即發作，攬和角要我想辦法，媽的，說得倒輕鬆。硬著頭皮再去一次，得到的回答是：「水在房間外的走廊，直走到底轉彎處，有一個陶製的水缸，上頭木製的蓋子打開，裡頭有一支葫蘆的瓢子，要喝直接舀起來就行了，用完蓋子要蓋好，早點休息，明天有早課。」

還好我是奉行垃圾吃、垃圾大，不乾不淨、吃了沒病，水當然是喝足墊墊肚子，有人有潔癖，不肯，管他的，倒頭睡我的大頭覺。一覺天未亮，就聽到有人開房門，一下就彈起來，抽出工具鉗，手電筒照向房門，看清楚，原來是小師父，要領我們去洗臉上早課，用腳踹了攪和角，還賴床，多補兩腳。兩個半醒的人，上完早課天已經亮了，終於放飯了，一小碗粥，加上幾塊菜脯，呵呵，眞想大笑三百回，攪和角說要加肉鬆，我說你是沒睡醒喔！肉鬆，我還想吃飯糰加奶茶咧，當作你家哦！

小師父領我們到處看看，熟悉環境，來這的人，大多是爲了靜修而來，所以不可以太吵以免影響到修行。念佛的時間到了，這次不像是早課可以打混，小師父領我們到了中間的主室，室內正中掛了一幅佛祖的像，地上放了一張矮桌，桌上有木魚、磬和薰香爐（香味淡淡的，以後有在撿漂流木才知，那是肖楠木的香氣）。老師父坐定後，在他身後放有三個蒲團，攪和角居中，我在右，小師父在左，我們身後站了一位「戒尺」（名字忘了，只記得他手裡拿著一支戒尺，不斷的敲我的頭）。

盤腿坐在蒲團上，說不痠是騙人的，偏偏我身上多了一隻毛毛蟲，一下滾到右，左摸右摳，抓也抓不到，捏也捏不著，總之就是不動很難過；戒尺師也沒跟我客氣，敲一下頭說一句：「心靜。」結果我痛又摸，摸又敲，反反覆覆，活像齣鬧劇。

挨打到頭有點暈，忘了看攪和角有沒有被比照辦理。問攪和角有沒有挨板子，他說本來也很難過，不過看見戒尺師在修理我，心裡笑到不行，又不敢表現出來，眞他媽媽的優秀。

戒尺該不會有虐待狂，又喜歡打人，才選擇來這修行吧！

中午吃飯的時間終於到了，期待！一碗小小的白飯，配上青菜豆腐湯，呵，感覺不是來修行，而是玩整人遊戲，被裝肖維了。攬和角倒是吃得開心，原來是小師父說，可以減肥！看。

下午上課，相同的情景，我發揮出敵不動、我也不動的方法，靜靜坐著，等待毛毛蟲爬到攬和角的身上去。斜眼瞄他，只見他一下凸肩扭臂，一下換腿皺眉，戒尺一點動靜也沒有，想說他該不會是看我不高興吧！啪的一聲，頭上一記脆響，人馬上跳起來，回頭瞪他，說：「是他在動，又不是我，你打錯人了。」戒尺回答：「是你的心在動，不然你怎麼會瞧見他動。」媽的，強詞奪理，看見白目的攬和角在笑，眞是一肚子火，沒天理了是不是？啊，造口業、造口業。

一天挨過一天，不是在挨日子，是在挨板子。算來算去，這次的錢最難賺，不如回去做大理石，當師父帶徒弟工作，最少還是帶頭的，只是老闆機車了點。頭好痛，心裡盤算著，下山馬上殺到溪湖員鹿路的阿明羊肉爐去補回來，吃素跟吃草一樣，我還是吃肉實際點。

（2005/03/26、27）

背著他走山路

慢慢的，一步一步配合著呼吸的節奏，此刻終於明白什麼是舉步維艱，打開車門，上車，目光不知擺哪好，我咧，運氣背到家了，也沒問好，眼睛直直盯著遠方，尷尬啊！很想說可不可以讓我下車用走的，反正時間還早，走三個多鐘頭就到了，車內的空氣降到冰點，忍不住涼氣，打了個冷顫，是要解釋呢？還是直接擺爛裝死好？選擇後者，敵不動、我不動，是長保平安之道，不招來無妄之災。

開車門下車，咦，賤狗怎麼沒有出來迎接，怪怪的哦！該不會出什麼事了吧？跟在攬和角他老頭身後，低著頭，默默走進屋裡，客廳人有點多，十來個有吧！目光左右游移，笑容僵硬，還是保持一貫不打招呼的好，這個風颱有點大，快被尾巴掃到了，腦筋快速翻飛著，計畫脫身之道，×，心情就在爛了，又遇到下大雨。

臉上白癡的笑著，腳底抹油，急忙上樓閃到攬和角房間去，伸手開門，咦，鎖著。喂，在這種情況下，還有心情跟我開玩笑是不是，還好本山人有鑰匙，迅速開門，再關上門，打混包一甩，在空中劃出一道弧線，落到床上，人也飛撲上床，棉被一掀，大喊：「我來也也也！」沒反應，慢慢伸手按住攬和角的肩膀，把他的身子轉過來，一看，眼前的景象震懾了我，人怎麼變傻了，臉上一點表情也沒有，彷彿靈魂被禁錮了一般。露出欠扁的笑容說：「是我啦！發生啥米代誌？」

數著階梯，壓抑著快爆發的情緒，一步一步走下樓，身上冒出熊熊烈火，手上快速翻轉著「海晏河清」。來到客廳，環顧四周，目光掃視每一位在場的人，最後停留在他老頭身上，緩緩說出：「只要攬和角有事，我就會讓你認識我。」在座每一個人馬上都站了起來，怒視我。伸出左手提了提左臉僵硬的腮幫子：「沒有實力的人，我不跟小孩子玩，記得我怕的是你女兒，並不是你。」

轉身到廚房，開了冰箱，拿出蘋果、西瓜、牛奶，去皮去籽，再放到果汁機裡打碎加牛奶，端上樓，這才發現賤狗趴在門邊，「X，算你還有情有義，有點良心。」擺好抱枕、軟骨頭，讓攬和角靠著，一口一口慢慢的餵著他，腦中閃過無數念頭，有 **IRA**（愛爾蘭共和軍）實力的人，怎麼會變成這樣？想不透，該不會是中了邪吧！不可能，無神論的人，怎麼會中邪？被欺負，不可能，不用他出手，光他老頭的名字就壓死人了。

伸手揉了揉緊皺的眉頭，用拳眼頂了頂鼻頭，用力吸氣，滿肚子的疑問湧上心頭。在廚房用鍋子裝水加米，準備煮粥，一邊剁著蝦仁、切肉絲、開玉米罐，一邊問在攬和角家幫忙的大姊怎麼回事，「不知道，一切好好的，突然就變這樣了，不吃東西、不講話，整天躺在床上。」喂，站在廚房門口，點頭使眼色，要幫攪和角他老頭開車的人過來，左手食指撐著鼻頭問到，「你老闆最近有沒有什麼事？」「沒有啊！都正常。」「那你家小姐怎麼了？」「不知道，最近都關在房裡沒有出門。」「有沒有皮癢的人來家裡追他？」「怎麼可能，連續幾個都是走在路上，剛下車、剛出門，就被無緣無故的扁了一棍，一躺就是半年多，最近就沒人敢追到家裡來了，最多是找人來講，不過沒什麼用，還有聽說都是你解決的……」突然氣岔了路，噎到，「咳咳咳，你要害死我是不是，更何況我不跟小孩子玩，沒有實力，沒意思。」

攪拌著沸騰的粥，熱氣不斷冒出來，恍恍惚惚，心神不寧，有點沒睡醒的感覺，手掌緊貼著大腿輕敲，盤算著。端粥上樓，順便幫賤狗帶瓶「寶路」，把寶路倒在碗中放到陽台上，「賤狗，你主人沒吃，你一定也餓了。」

搬三張椅子去陽台，把攪和角抱過去放在椅子上，背後塞了顆抱枕，抬起腳放在另一張對放的椅子上，拉了張椅子，坐在他身旁，輕輕吹涼熱粥，舀了一口餵他。攪和角的眼神，顯得既空洞又遙遠，眼前好像一副軀殼而已，靈魂早已逝去，不管我口沫橫飛、軟硬兼施，還是一點反應也沒有。我咧，明天要帶他去鹿港天后宮拜拜了，求媽祖保佑，不然我無能爲力了。

突然一個念頭閃過，又好氣又無奈，緩緩說出：「該不會是因爲我分手的事吧！我都不難過了，你傷心個頭啊！」「不管做什麼事，我都是考慮過很多次，反覆推敲才下決定的，你不用怕我想不開啦！人嘛！就是有那麼一點小小的理想，不用想太多啦！」摸摸攬和角的頭，雙手輕輕捧著他的臉，額頭相觸、磨蹭，笑了出來，「ㄨ，我還以爲出了什麼事咧，害我窮緊張，白擔心了一場。」

突然間，攬和角哭了出來，賤狗抬起頭，疑惑的看著他，頭上冒出問號，我伸手將攬和角緊緊抱住，手柔柔的在他背上拍著、安撫著，「幹嘛啦！有必要這樣嗎？本來不想哭，看你難過成這樣，我都想哭了。」

攬：「你什麼都不說，全憋在心裡，怕你會做傻事、想不開。」

門：「厚，我是小孩子是不是，你昨天才認識我？」

攬：「感情的事很難說。」

門：「我咧，一個理性大過於情感的人，你以爲他會衝動做什麼事嗎？要自殺還要考慮幾個月咧，先上網收集資料，再買書研究，看電視、報紙比較一番，最後還要問問有經驗的人，整合統計結果。你想太多了，不要再這麼傻了。」

和他老頭討論了一晚，決定帶他到霧峰山區休養幾天，明天一早就走。從攬和角的浴室，把檜木桶扛下樓，塞入車內，再背攬和角下樓，讓他坐到車子的前座。只差一個問題，以我開車的技術，要經過市區再到霧峰山區，有那麼點難度，因爲到現在爲止，搜尋記憶，路邊停車還沒有停進去過，不是車頭凸出來，就是車屁股露出一節在外面著涼。

先去台中火車站旁的藥妝店，買藥用酒精、香茅精油與酒精燈。屋子在台三線往霧峰高球場的路邊，隔著一條馬路與大肚溪相鄰，這裡的環境還算熟悉，當兵前，做大理石的幾位師父都住在附近，自己也因來回台中工作的緣故，曾在這住了一段時日，工作閒暇時，會帶支釣竿，下到溪裡享受悠閒時光。九二一地震後，原本在馬路上坡處右邊的學校，整排校舍全成了波浪狀，工作的師父家也倒了。青山常在，綠水長流，一切災難皆成過往雲煙，消失在蔓草間，活的人，重新站上軌道，逝去的人，化做萬物，九二一的創傷，只存留在心裡，那一整排呈波浪狀的校舍，作了地震展示區，證明傷痛來過的足跡，一切都會過去，太陽明天依舊升起。

抓著釣魚椅，背著攬和角，走過通往屋子的產業道路，道路的兩旁，種滿了龍眼樹，大概走了五十公尺，一間孤門獨戶的蓋瓦平房就是目的地了。仔細端詳了一下，應該是工寮改的吧！不然哪來的建照。格局是三房一廳一廚二衛，地上鋪的是花蓮蛇紋石，環境清幽，空氣清新，適合養病、養老的地方。

把椅子攤開，放在龍眼樹下，讓攬和角坐好，回車上把所有東西搬過來，酒精倒入酒精燈，加入香茅精油，鎖緊，點火，一股淡淡辣辣的檸檬味散發出來，話說山上什麼沒有，蚊子多到嚇死人，還好我有準備。

用鋤頭在地上挖了個四十公分見方的坑，深三十公分左右，平鋪上磚頭做底，兩旁用磚頭疊起五十公分的牆，後頭放塊「印度黑」的花崗石板，正面用磚頭砌出二十公分見方的風口，四周再用土覆蓋住，形成火山口狀，提水弄濕覆蓋的土，用鋤頭拍實，再用柴刀，將屋旁堆放的樹枝砍成一段一段備用。

背起攬和角往山下走，天色漸漸暗沉，攬和角頭帶黑色的圓葉闊邊帽，上半身穿透氣衫，外頭罩著 **GO-TEX** 有腰身的登山外套，下半身是卡其軍褲加毛襪搭 **PUMA** 平底鞋，形容他的穿著幹嘛！沒有，只是純粹表達不爽而已。

山腳下圓環旁是菜市場，又喘又累，滿頭的汗水流不停，下坡又背人，有時恍神還以爲在訓練咧！選了一隻雞、幾顆芋頭、一袋水果和一堆雜七雜八的東西。我咧，要是只有我一個人，一定在市場旁的牛肉麵攤塡飽肚子就行了，不過攬和角是超難伺候的，專門跟我作對，指定要吃桶子雞，好，沒關係，看在你生病的分上，不跟你一般見識。

上坡，眼淚快飆出來，感嘆分手都沒這麼難過。山路一路向上延伸，在濛濛夜色下，更看不見盡頭，背著攬和角兼提兩大袋東西，快死人了，好想趴在地上大喊「救命哦」！

門：「商量一下，下來自己走好不好，粉累內。」

攬：「那開車啊，又不是沒車。」

門：「你是哪壺不開提那壺，故意消遣我是不是，那你怎麼不開？」

攬：「我是病人。」

門：「走走運動一下，活絡筋骨，出點汗會好得快一點。」

攬：「你當我感冒是不是。」

門：「拿出點良心，行行好。」

攬：「我是因爲你才變成這樣，所以，不要。」

門：「我我我，有你的，現在不跟你一般見識。」

大口呼氣、大口吐氣，兩眼昏花，快陣亡了。好不容易回到住處，把雞洗了洗，裡裡外外塗滿鹽，放入鍋子裡等待入味。從窯洞的風口，放進一截截龍眼木，塞入乾葉子起火，一邊顧火、一邊剝著蒜頭，再把檜木桶擺好，邊邊墊上磚頭架穩，提水、倒水、加熱水、試水溫，忙到想罵髒話的力氣也沒了。

門：「水好了，洗看看會不會脫皮。」

攬：「嘴巴不要這麼賤。」

門：「天生的，不高興你可以不要聽。」

呵，笑聲像春天的風，綻放在寂靜的山林裡，不斷迴盪。今天以前，若是叫我背著攬和角四處亂跑的話，我一定會拒絕，因爲那太丟臉了，而且不符合我的個性，光想到路人異樣的眼光，就恨不得挖洞鑽進去。但現在我才明白，一個比生命更重要的人，看到他不快樂的臉龐，露出一股不想存在的神情，其實很傷人，讓我心痛惜，別說背著他走一小段山路去市場買東西，永遠背著他，我都不會拒絕，因爲不想再看見他受傷的神情。他有一種好像永遠無法彌補的遺憾，少了親情。我倆算是同病相憐嗎？所以特別相知相惜，呸，至少我的朋友還多過山，哪像他是個有父母的孤兒，交友廣闊的獨行者。

家庭失和的山雀，賣力的在清晨的龍眼枝頭上指責對方的不是，拉起棉被蓋住頭，心裡幹譙著，吵吵吵，滾遠點！不錯，我就是會有起床氣，自己也不明白，應該是令人愉悅的早晨，爲何總是心情不好，我想，可能我比較喜歡月亮的緣故吧！

在水槽邊用雙手潑了潑水，一陣冰涼滲入脊髓，忍不住打了個顫，整個人都清醒了。走到屋旁的樹下，做著甩手、抬腿、延展肢體的動作，活絡活絡筋骨，想著到山腳的市場去買食材，要不要帶攬和角一起去，看他睡得跟死豬一樣，要叫醒也很難吧！

幫他套上毛襪，戴上針織的毛線帽，問題是他穿著小叮噹的睡衣，該怎麼辦？惡魔跑過了心頭，呵，反正我是無所謂，丟臉的又不是我。坐到床頭，反握他的雙手，越過肩頭，身子微微前弓，站了起來，屁股用力一頂，把人移至肩頭，下山買東西去了。呵，要是他中途醒過來，應該會直接跳入大肚溪吧！

食材買回來後，清了清土窯的柴灰，重新生火，放上鍋子煮水，把小黃瓜、胡蘿蔔切絲，金針菇的根切掉，全部過水汆燙，再丟到冰水裡，雞胸肉煮熟，用手撕成一絲一絲，蒜頭拍碎、辣椒切片，全部的材料放到碗公裡拌勻，加點鹽、醋、香油，放到冰箱待涼。

蘋果、草莓、香蕉、梨子洗好，切成一口大小，用竹籤串起來。在鍋中放水，加入麥芽糖、蜂蜜等，用木湯瓢一直攪拌著，等待鍋中冒泡、糖汁有點黏又不會太黏的時候，把水果串淋上糖水、放涼，凝固後就是糖葫蘆了，呵，在逢甲夜市學的。

把玩著攪和角的懷錶，報時鈕一按，擊鎚敲擊著金屬簧片，發出清脆的叮叮聲響，依序報出時、刻、分。前人的智慧真的不得不令人佩服，近百年的手工藝，還能準確的運轉著，聲音悅耳又舒服，不簡單，我也想要一個，不過，要賣身才買得起吧！時間都下午兩點多了，還在睡，會不會過得太舒服一點，擰把毛巾，幫攪和角抹了抹臉。

「回魂哦！回魂哦！」

「X，少在那邊鬼叫鬼叫的。」

抱他到半月形的籐椅上放好，端著涼拌一小口、一小口餵他，我沒餓過九天，所以不知道攪和角何時會恢復活蹦亂跳的模樣。背起他，手裡拿著水果糖葫蘆，往大肚溪走去，從橋旁的小路下到溪裡，背靠著背，準備坐在岩石上，放空自己，沉浸在午後柔和的陽光裡。

天黑了，起身回家整理吃的，把「黑格」的腮、肚內洗乾淨，抹上鹽，吊在樹下風乾。生火，放上花崗石板，鋪上一層厚鹽，再把一尾沒有殺肚去鱗的虱目魚，整條魚用白鹽覆蓋，用鍋蓋罩住悶烤。我不吃魚，但是有人天生就是要跟我作對，縱使心中幹得要死，我還是會弄給他吃。

用毛巾把石板搬到一旁，在土窯中丟二、三截薪柴，再把黑格吊掛進去，燻烤著。拿筷子撥開虱目魚鱗，一陣香氣竄入鼻中，忘情的腦袋當機，差點就夾了一口放到嘴裡，好險，不然要換攬和角背我了。吃完，攬和角說：「來去夜遊。」門：「沒意見。」當完兵之後，就不怕鬼了，因爲人比鬼更恐怖。

頭帶著傘盔，夾上鏡橋，扣上雙眼單筒的夜視儀，電筒裝上濾光鏡片，濾光鏡片的功能，是過濾掉一般肉眼可見的光，使景物在夜視儀下變得清晰可見。學著採龍眼的農人，點上蚊香，用蚊香盒裝著，繫在腰間，背起攬和角，往屋後用水泥鋪成的產業道路走去，世界靜得令我心醉，只有攬和角的心跳，在我背上起伏。

（2005/09/04、06、09）

事實像月亮，真理如同太陽

炎熱的午後，電視難看到了極點，睡也睡不著，從冰箱拿了罐飲料，坐到電扇前，汗還是不停的從全身的毛細孔直直冒出來。休假在家眞是一天也待不住，太無聊了，不過這也是我選擇做大理石的原因，一個月只要做二十天左右，就有四萬多，剩下來的日子就是亂跑亂逛自由的時間了。

想想還是去花蓮好了，去看看死囝仔過得好不好。拿起背包，慢慢從租屋的永樂街，走向火車站，一邊走，一邊喝著飲料，手上翻著火車時刻表，此時太陽高高掛在天際，豈是一個熱字所能形容得完全。

買了張直達花蓮的莒光號車票後，再到便利商店買了份報紙、一條青箭、兩瓶純喫綠，坐在月台上等火車。搭火車時，最討厭遇到開車像追撞，停車像撞車的情形，幸好這班駕駛技術還滿純熟，緩緩的，一覺醒來後，花蓮站到了，肚子也咕嚕咕嚕的直叫，慢慢踱步走向液香扁食，來花蓮必吃，不然像沒來似的。

夜裡，天邊掛著吃到一半的月餅，星星也一閃一閃的亮著，赤腳踩在涼涼的柏油路面，風吹過蘆葦發出獵獵響，帶來了蛐蛐的叫聲，也帶走白天遺留下來的悶熱感。每次來到這裡，都有一種走進千年古剎之感，心慢慢的澄靜下來。

站在土地公廟的矮牆邊，看著坐在椅子上的死囝仔，手裡正縫著外套，外套的左側口袋，在上緣處裂開一道口子，約十公分左右，心裡納悶著，那麼愛惜東西的死囝仔，怎了會弄破衣服？開口問：「衣服怎麼破了？」他回答，下午放學回家的路上，有個學長向他要掛在書包上的玉（我送他的明朝和闐青白玉，雕著負蓮童子），他不給，搶來扯去，書包裡的外套嘶的一聲，就破了。問了句：「那你有沒有打他一拳？」他看了看我，笑了笑，繼續縫衣服。

這個問題有點白癡，死囝仔是奉行絕不惹事，但事情找到他頭上，也絕不退縮或坐以待斃的人，當面就是一拳，讓對方帶著鼻血回家去。他看著我，我笑了，他也笑了，知道彼此心中都有一把尺，他敢扁他，代表這件事在他心中，已經醞釀、反覆思考多次，評估好了才出手。扁他的眞正原因，不是因爲他扯破了死囝仔的衣服，而是死囝仔看不慣他在學校向學弟勒索金錢的那一副嘴臉，死囝仔是等待了許久，才有這個千載難逢的機會，當然不會客氣。問到：「如果他在學校告你一狀，你怎麼處理？」死囝仔臉上露出狡黠的目光，意味深長的回答道：「你不知道我可以去演戲了嗎？」

拿出睡袋，躺在土地公廟前的空地上，看著點點星光裝飾的夜空，思考著剛才的對話，「事實就像月亮一樣，不斷在改變，眞理如同太陽，只有一個」，得到的結論是，扁食應該吃兩碗，不然也要買包滷味或鹹酥雞當宵夜才對，肚子餓了，在打鼓抗議宣洩它的不滿了。

（2005/03/13）

先生，請幫我一下

朗朗的天，有點悶熱，空氣中夾雜著魚腥味和海的鹹味，站在基隆中正路水產試驗所的公車站牌下，靠著柱子，等著客運。踩著涼鞋，左腳一前一後的搖晃，試圖驅散籠罩全身濕黏的夏天，腦海中浮現檸檬紅茶的廣告，往後一躺，落入清涼暢快的水中，愜意生活，可是現在的我不宜模仿，我一躺，迎接我的只有哦咿哦咿的救護車。

無聊到台北逛逛，對現在需要住在基隆的我，是唯二的選擇，另一項是去海邊浮潛。公車左搖右擺，司機駕駛如流水般，閃過路上大車小車機車腳踏車與行人組成的重重障礙，穿梭自如，這也是我不喜歡在北部開車的因素，擠、忙、趕，不過倒是喜歡在台北街頭，信步觀察著快速更替又變化無常的人事物。

搭火車或是坐台汽，一定要有「伴手」，報紙、飲料加口香糖不可少，才不會讓自己一個人在別人眼中是個兩手空空、無事找麻煩的「怪角」，藉此緩和身處陌生都市所產生的疏離感。介意別人所投來的眼光，可能是無所謂的自卑感在作祟吧！自己也不清楚。

走出車廂，嘴中嚼著口香糖，順手把報紙扔入垃圾桶，報紙的內容，也在丟入垃圾桶的瞬間，隨之揚棄。就著樓梯，一階一階往上爬，雙眼往台階掃視，不敢大剌剌抬頭往上瞧，怕被誤會是偷窺狂，那不是虧死了。處在人與人互相提防的不信任感下，盡量避免做出惹人爭議的事，算是對自己的一種保護。明明有電扶梯，卻不去搭乘，偏偏要走樓梯，爲了想運動嗎?當然不是，堪稱懶骨頭的我，是抓不住電扶梯的節奏，怕出錯腳，跌個狗吃屎，會很丟臉。

站在台北火車站的大廳，猶豫著，是要步行到西門町看同人誌，還是到中正紀念堂看別人的小孩?雖然我沒有小孩，但看別人小孩可愛的模樣也不錯。想來想去，想到很久不見小胖了，決定搭捷運去淡水，順便敲他一頓，誰叫他是當學長的人，在我如此尊重長幼有序的人眼中，跟學長爭出吃飯錢，是可恥的行爲，反而坦蕩蕩大敲他一頓，才能表達出我心裡對他無比的敬意。想扁我對不對?麻煩請去門口拿號碼牌排隊，要K我的人太多了，一時片刻還輪不上，不妨先去吃碗冰、看場電影，休息一下，養足精神再來。

照著捷運站指示牌，走下樓梯，在快到車站地下街的誠品書店前，看見一位坐在地上販賣口香糖的小販，回想前幾天曾在電視上看到他，新聞報導他每天搭火車，從台中到台北火車站賣口香糖。他有一位幼小可愛的女兒，他可以抱她，卻無法照料她的日常生活，因爲他的雙手失去手掌，只存半截手臂。每天，他會由鄰居幫忙穿好衣服，掛起吃飯的行囊，北上討生活。

我靜靜佇立在一旁，觀察他與周遭的互動，想起採訪他的記者曾說過，有人會搶他的錢、欺負他、嘲笑他，或丟錢給他，把他當成乞丐。其實他靠自己的努力過生活，並且養家活口，和一般人並沒有什麼不同，用異樣眼光在評視他人時，正反映內心如何看待自己。當有人向他買口香糖，他會點頭並說一聲謝謝，讓買的人自己拿和找錢，真實的人生正在上演，沒有矯情或虛假。

看著他揮動雙臂，汗珠滿臉，一滴一滴流下來，表情異常，好像很難過的樣子，奇怪，該不會想上廁所吧？從打混包裡摸出錢袋，抽出一張百元，假裝若無其事的踱步到他面前，蹲下去，把錢放到盒子裡，拿了一條青箭，看他一眼，心臟劇烈跳動著，緩緩起身，這時他突然開口：「先生，可不可以幫我把衣服的扣子解開，咱就熱啊，謝謝。」忽然，不知從哪跑出來的念頭，在我腦海裡一閃，感覺周遭的人對我投以灼熱眼光，注視著我，整張臉立時發燙，心海翻騰著，尷尬的場面，丟臉的念頭出賣了自己，心底雜音四起，幫或不幫，正拉鋸著，停頓了一下，伸出顫抖的手，幫他解開扣子，他呼了一口氣，臉上露出笑容。

在他再次道謝聲中，映入眼簾的是兩隻沒有手掌的雙臂，舞動著，登時有點頭暈，心裡一緊，回聲「不會」後，逃也似的，飛快跑向火車站大廳外，用力呼吸台北混濁的空氣。望向天空，內心飄來一抹鄙視的烏雲，瞧不起自己剛剛的遲疑，而他揮舞的手臂，像破門錘般，重重撞擊我長久以來秉持的自信，自認絕不會同一般人一樣，看不起殘障人士，原來只是表面，沒有經過考驗是不會清楚的，突發狀況一來，自己醜陋的一面，也完全攤在陽光下，無法隱藏。

逃避！一股心念油然而生，拖著沉重的步伐，一步一步走回車站大廳，買了張最快發車前往花蓮的車票，剛才的事，一幕幕像是定格更替的幻燈片，烙印在心坎裡，壓得自己快喘不過氣來了。

一臉茫然，心靈椎刺著，身子如墜無止盡的深淵，想大喊，可是理智在這無以為用時，卻跑出來橫擋，想踹，使盡全身力量，卻絲毫釋放不出來。太軟弱了，安逸的生活讓自己失去追求眞理的動力，頹然坐靠著椅背，凝視車窗外的遠處，眼淚不爭氣的流了出來。他才是生命的勇者，庇護著女兒，用力生活著，而自己只是懦弱的「俗仔」，空有無缺的軀體，哪一點有資格瞧不起他？火車飛快的一站奔過一站，太平洋出現在眼前，花蓮也到了。

邊走邊回想當時自己的心境，人一旦走入死胡同，任你有再好的理由，都無法說服自己，相信一閃的鄙夷心，只是撒旦敲錯門，絕不是本意。糊里糊塗走到死囝仔家旁的土地公廟，也不想打招呼，聊聊今天的事，便逕自走到廟後，丟下打混包，拿起外套蓋住頭，心中默念南無阿彌陀佛，睡著了。

隔天，天微明就醒了，風輕輕的拂吹，鳥鳴聲聲入耳，藍天點綴著一團一團棉花糖，不過今天沒那麼好心情欣賞。死囝仔蹲在水龍頭底下洗衣服，問：「待會兒出去走走？」也好，分心一下，沿著花東線往南行，一路上彼此沒有交談，各走各的，像在散步又像遊魂，心中烏雲揮也揮不散。

日頭偏西，漸漸躲到山後去了，山影籠罩道路，路旁的太平洋波光粼粼，我拍了一下死囝仔的肩膀，比了比海洋，兩人並肩走向海邊。死囝仔從包包裡拿出水和蛙鏡，丟入海中，人一躍入海，我也從打混包中拿出水和面鏡，噗通一聲跟著下水，往外海一直游去，直到陸地成為一線，才仰躺於海面，隨著波浪起伏，懷著敬畏海的尊重。海的包容使人無所畏懼，一切是這麼的美好，如果可以一直待著不知有多好。

死囝仔開口：「被狗咬了？」

門：「沒這麼倒楣。」

死囝仔：「接到問你最近過得好不好的電話？」

門：「沒那種好事。」

死囝仔：「難道下定決心去學佛了？」

門：「沒那個命，更何況吃不了素。」

死囝仔：「還是遇見撒旦了？」

於是我將昨天的事，全盤托出，死囝仔一邊喝著水一邊啃著飯團，聽我敘述後，他說：

「要自殺的話，等我上高中以後再說，現在我還寄養在你身上。」

門：「媽的，放你個王八蛋的心，我有留錢給你啦。」

死囝仔：「那就好，請安心走吧。」

門：「〇〇你個××！」

死囝仔：「人生就是如此，難不成你以爲自己是天使喔？」

「不完美的人生才精采。」死囝仔又說，又是一句需要思考的話，算了，於是兩個人慢慢朝岸上游去。

（2005/04/09-11）

一件死亡事件

○三年夏天在基隆家裡，熱、熱、熱，熱到脫掉衣服，到浴室沖了一身涼，心裡盤算著待會來去潛水。漫不經心，隨手拿起掛在衣架上的長褲，心頭突然一緊，壞預兆，好似有事要發生，瞬間，海晏河清的古玉從長褲口袋溜了出來。哇，反射動作，連忙伸手去撈，差了那麼一點點，沒撈到，急忙伸出腳來，想減緩玉墜落地面時的速度，輕輕碰了一下，不過還是沒能穩住，玉隨即摔落地面，發出清脆的聲響，在耳畔不斷傳震。

整個人像被電到一樣，嚇到呆立不動，心臟猛跳了一下，呼吸也隨之凍結，睜大眼、張大口，完全不知所措，一聲幹字脫口而出，整個人才恢復正常，懊惱著，這麼重要的東西竟忘了拿出來放好。彎下腰，撿起玉，還好沒碎，對著日光燈反覆檢查受損的情況，發現暗裂了一痕，心痛，突然心中閃過一個念頭，不好的兆頭在腦中盤旋，皺著眉頭，潛水？算了，還是乖乖待在家裡好了。

然後幾天後的凌晨二、三點，不知道哪個王八蛋兼膨肚短命，什麼時候不好選，淨挑我睡得正熟的時候打電話來吵醒我，沒被人幹譙過是不是？我很重眠的好不好。恍神中想著，該不會又是哪個失戀的混球，來哭訴不平與背叛吧！眞奇怪，當你爸我是生命線嗎？那麼空閒、那麼有愛心喔，我要上班賺錢才能討生活耶，搞不清楚爲什麼那麼多人在失戀，難道是娛樂嗎？是流行嗎？還是傳染病！

天地保佑，千萬不要告訴我要自殺或是想不開，這麼晚了，是睡覺時間，要自殺請早，不要妨礙地球的運轉，無聊嘛！結果答案揭曉，是攬和角。我大概所有髒話都罵出口了，氣到想摔手機，可是手機是我的，摔壞了要自己再買，沒那個錢，算了，只好忍下來，聽見攬和角平淡的語氣說到：「帶潛水裝備到巷口等我，十分鐘後到。」

我、我、我、我，喂——電話斷了，沒有轉圜的餘地。下床、整理，背起潛水裝備，扛著氣瓶，一步一步像醉酒的人，東歪西斜，跌跌撞撞的走到菜市口，整個人搖晃著，我的棉被，我的床呀，眼皮像吊鉛錘似的，必須很用力才有辦法撐開，上輩子一定做過什麼壞事，才會認識攬和角。

X，眞準時，還好我更是重視時間的人，提早到，打開行李箱把潛水裝備塞進去，差點沒連自己也丟進去。坐到前座，立即放倒座椅，左翻右躺，尋找最舒服的姿勢，最討厭窩在車裡睡了，寧願睡路邊，也比擠在狹小的車子裡蜷曲著身體還要舒服得多。沒辦法，一個不需要工作，而且從來沒有工作過的人，怎麼會知道別人的痔瘡生在哪裡。急忙召喚瞌睡蟲上身，但身體突然被東西砸中，不用猜，一定是飲料，不喝啦！心情嘸爽。

一覺醒來，全身難過得要死，發現車子已經停在死囝仔家門前的小路上，伸了伸全身痠痛的骨頭，清風宜人，帶點露水、帶點涼意的新鮮空氣，充滿我的胸膛，深深吸了一口，慢慢緩緩的吐出來，鬱悶壅塞的心，頓時輕鬆不少。順著路，愜意的閒晃，景色依舊，群山綿亙，青蔥翠綠，蟲鳥競鳴，令人心神嚮往，爲之流連，這才是我要的生活呀！汲汲營營實在有違我的本性，可是沒辦法，賺錢咩，不然喝風吃水哦！

看著攬和角從死囝仔家裡提出一袋東西來，透明塑膠袋內，裝著白色粉狀物體，ㄟ，什麼東西啊？難道是毒品？依他的個性，不可能。水泥嗎？不對，顏色偏白，應該再土灰一點，生石灰？不像。貓沙？絕對不是，他討厭貓，尤其是我家那隻可愛的喵喵。

門：「那是什麼碗糕？」

攬：「是你朋友。」

門：「我有外星人朋友嗎？奇怪了，我怎麼不知道？」

攬：「是死囝仔的骨灰。」

我伸出右手中指，比出一，皺起眉，抿著嘴，露出微笑的臉，側過頭，斜眼盯著他瞧，左手下意識拿出海晏河清，緊握在掌心，不斷用力搓著，心臟跳動的頻率，一下一下。

攬和角接著說道，前幾天晚上七點多，他接到一通小孩子打來的電話，咿咿呀呀的講不清楚，直覺出問題了，於是到死囝仔家一看，發現死囝仔躺在床上，一動也不動，沒有呼吸心跳，身體僵硬，早死了，連忙找到打電話的小孩，問發生什麼事？小孩說：「生病發燒了好幾天。」爲什麼不去看醫生？小孩表示，死囝仔說沒關係，忍一忍就好，過幾天就沒事了。「我猜是因爲沒錢，」攬和角說：「自己是個小孩子，還要照顧三個小小孩，包山包海，住海邊，還管得眞寬喔，也不秤秤自己幾斤重，一個人的生活費，四個人花，連吃飯都成問題了，還看個屁醫生，跟你一樣死硬派，以爲自己是鐵打的，結果上帝跟他開了個玩笑，沒撐過去。」聽完攬和角的話，笑了出來，笑到心裡淌血。

門：「我當兵那次有住院，只是對誰都沒說，包括你和他在內，住院又不是什麼光榮的事，不用四處宣傳。」

攬：「……」

門：「用不著那樣看我，我說的是實話。」

攬：「他有我的電話，幹嘛不打給我，告訴我他生病了，需要去看醫生。」

門：「你在說笑話是不是，看我就知道爲什麼了。」

攬：「又一個自尊心在作祟的人，無聊。」

門：「他沒有選擇的餘地！」

坐在地上，左手摸著玉，推算前幾天在幹嘛，他生病的時候，剛好我買了一套四萬塊左右的潛水裝備，外加一支六千塊的氣瓶。頭漸漸歪斜，與地面平行，換個角度看世界，並沒有可愛點，右手用海晏河清來回摩擦著右大腿，想起死囝仔死的那天，不就是玉摔落地的那天？眼睛逐漸蒙上一層白霧，實在很想笑，大聲的笑出來，不過在這個場合，不太適合，尤其跟攬和角在一起，我難過，他會比我更難過。

攬：「世上一切東西，都要靠實力去爭取。」

門：「……」

抬頭仰望天空，腳掌不停擺動著，攬：「人死如燈滅，想想如何處理那三個小小孩實際點。」

門：「……」

然後攬和角晃了晃手中的塑膠袋，擺了個如何處理的手勢，看向我，我說：「去海邊。」到了海邊，攬和角直接把骨灰倒入海中，再用海水把塑膠袋洗了洗。坐在海邊的礁石上，看著這一幕，有點想笑，就這樣，是的，不用懷疑，就這樣，對一個現實主義的人來說，太多的儀式，太多的難過、悲傷與不捨，都是一種浪費兼無聊的舉動。我呢？跟他一樣，不會同情任何人，太多的感情投射，都是一種多餘，也不會衝動的去做計畫以外的事，更不會去嘗試風險控管評估不可行的蠢事。上次跟囡囡分手我都沒死了，這次當然也不會哭。

「潮去潮來，帶走了多少足跡，又有多少人被掛懷過，十年後的今天，還有人在乎嗎？」用牙齒輕輕咬著玉，玉有味道嗎？沒有，只有汗水的鹹味而已。看著三個小小孩，最大的不過十歲吧，三個人竹竿似的，立直站在攬和角身旁，神情讓我心揪了一下，一種不屬於小孩子該有的成熟世故，稚氣未脫的臉龐，帶著歲月的曲折、與對未來茫茫不知所措的無力感，在爹不疼、娘不愛的情況下，凡事仰人鼻息，看人臉色吃飯，世間人情冷暖，讓他們不得不「懂事」，時時揣摩別人的一舉一動、一言一行，小心翼翼的應對，唯恐一個不小心，打翻手上吃飯的碗。

怎麼說，養三個小小孩，那下一個死翹翹的人，不就是我了？招了招手，攬和角用狐疑的眼神，審視著我，慢慢走過來，三個小小孩也手拉著手，沒有一般小孩的胡蹦亂跳、吱吱喳喳、吵鬧不休，只是靜靜的站著，表現出一股堅定不摧的情誼，感覺像座山，一座颳風、下豪雨也撼動不了半分的山頭。但命運像地震，隨時有走山的可能。

門：「寄兩個在你身上好不好？」

攬：「世界是講求實力的，拿出本事來。」

門：「算我欠你的，以後再還。」

攬：「你欠我太多了，整個人賣給我都還不了。」

門：「那拜託一下，發發慈悲心腸。」

攪：「你當我小孩子嗎？」

門：「×，一定要這麼殘忍是不是？」

攪：「是你太心軟了。」

我眞是無言以對，腦筋飛快轉到我哥及賢仔身上，他們一定會答應幫忙的，可是用什麼理由好呢？有點難度，還是爭取攪和角的支持比較實際，但攪和角一副事不關己的機車模樣，讓我實在很想從他的頭K下去。

門：「少買一件衣服，可以讓他們生活三個月，少買一個包包可以抵……」

攪：「離題了，我買我的，跟他們有什麼關係？」

門：「沒有啊！我只是盡力表達立場，希望喚醒你的良知。」

攪：「你電視看太多了。」

門：「不要這麼不近人情，幫一下會死是不是？」

攪：「重複了，同一招耍兩次，眞失望。」

門：「我××你個○○，你以爲我在跟你玩哦！」

攪：「沒用的話，少開口。」

門：「當作投資，說不定是潛力股。」

攪：「我不做沒把握的事。」

門：「走啦！走啦！管那麼多要死！自己去解決啦！煩死了。」

攪：「事情在哪就在哪，逃避是沒用的。」

門：「ㄟ，死囝仔有一塊玉……」

攪和角伸手一比，指向小孩說：「在他身上，不要打別人的主意。」

門：「我都還沒說。」

攪：「那就省了，我只接受你手中那塊。」

門：「一句話，你作夢。」

攪：「呵。」

門：「你到底要怎麼樣，說啦！」

攪：「世界是現實的，需要你用實力去證明你的價值。」

門：「在你傷心、難過、失落、挫折的時候，可以來這看看他們，你會覺得你不再是一個人。」

攪：「用不著，我會直接找你。」

門：「好樣的，等我吃飽再來對付你。」

三個小毛頭各自拿了一個饅頭，我呢？飯糰加豆漿配蘿蔔糕，一貫吃法。攪和角要漢堡不要麵包、點三明治不要土司、蛋餅不要皮，標準的機車「澳客」，兩個便當盒裡滿滿的漢堡肉，火腿加培根，外加一瓶一公升的鮮奶，希望他最好是噎死，因爲他吃的時候，三對眼睛可是瞧得我胃絞痛。

要跟一個講求實力的人談條件，腦袋瓜卻擠不出任何反制措施或點子來，不知怎麼開口。忽然有個念頭閃過，走到大小孩身旁（爲什麼叫大小孩，因爲名字對我來說並不重要，重要的是名字的主人），對他說：「你去告訴攪和角，你要用快樂跟他換一個機會。」大小孩問：「什麼樣的快樂？」門：「廢話，我會還用告訴你，想一下，你們三個人的肚皮，全靠你了。」

其實，攪和角會幫忙，只是需要一個理由，夠無聊吧！沒辦法，這是個人的原則問題，一種無所謂的堅持，而我的能力就到這了，要心機我不行，要白癡倒是不落人後，看大小孩的表現如何了，未來要靠自己去爭取，實力決定一切。

把球丟回大小孩身上，心情頓時輕鬆許多，一行人浩浩蕩蕩殺到超市去採買，一路挑、一路選，喜歡就拿，推車堆得滿滿的，逃難似的，能吃、能喝的全搬，當然主角味全烤肉醬是不會忘記的，我是吃烤肉醬沾烤肉的人。三個小孩用懷疑的眼神看著我，我雙手一攤，高興就好咩！管他吃不吃得完，這是別人家的事情，更何況凱子他爹攪和角會出錢，當然不能幫他省，那會引起社會公憤兼妨礙市場消費者信心指數好不好。

三個小小孩是好奇到每樣東西都摸、都看、都翻，興奮之情溢於言表，拿了又換、換了又拿，最後只各拿了一個麵包，唉，環境壓力，不管你身在何處，都像鬼魅似的糾纏著你，使你不得不低頭，乖乖站上你應有的位置。生活才是一切的根本，對於必須以外的物品，把那點奢望寄託在心裡，想想就好，何況未來還沒個定數。

小小孩是不是這樣想，我不知道，只知道他們是這麼做了，和死囝仔一樣，在現實的洪流中掙扎、泅泳，不願低頭隨波逐流。但畢竟現實還是殘酷的，冷不防，後頭一道長浪襲來，就吞噬了來不及實現的夢想。

一切都想太多了，東西也買太多了，烤肉醬吃了六瓶，不斷安撫著肚子，眞是辛苦又難爲你了。攪和角坐在圍牆上輕輕哼著歌，腳擺盪著，手順著節奏打拍子，那股悠閒的氣息，眞令人羨慕又嫉妒。三個小小孩把剩餘的物品，堆上台車，搬回家去，走了三趟東西還沒有搬完，不是他們力氣小，而是要搬的東西太多了，一個晚上的花費夠他們三個人生活兩個月的錢，不公平嗎？不是，這就是人生。

攪和角左手托腮，右手指輕敲膝蓋，說：「他們有的快樂我沒有。」腦袋瓜靈光一閃，隨即掌握住，「那出點錢，讓他們的快樂不再帶著生活的煩惱不是更好。」

攪：「他們有朋友，我沒有。」

門：「我是假的哦！」

攪：「你不算。」

門：「也對，你要這麼想我也沒辦法，你高興就好。」

攬：「他們有自由，我沒有。」

門：「這點我同意，人嘛！得到些什麼，注定要拿點東西去交換。」

攬：「他們有的關心，我沒有。」

門：「聽你在放屁，你身旁哪一個人不對你好、不巴結你，不把你捧在手心當寶？」

攬：「他們看重的是我的名字，不是眞的關心我。」

門：「不要這麼悲觀，世界還是有可愛的一面，我相信人是互相的，用心關心別人，別人一定會感受得到的。」

攬：「他們有工作，我沒有。」

門：「喂，你少鬧了哦！他們是爲了生活不得不工作，不然明天吃什麼？你工作帶四個助理，你賺的錢還不夠付一個助理的錢咧！」

攬：「……」

門：「等一下，換我。你有車，我只有腳踏車；你有張刷免驚的卡，我只有金融卡；你家有力，我只有喝寶礦力；你有一大堆人喜歡你，我卻是連我家的喵喵都嫌棄我、離家出走，不願意跟我同住一個屋簷下……我可以舉一萬個你有我卻沒有的事來，相不相信？比這幹嘛！無聊嘛！你是吃飽太閒是不是？給你個機會好了，讓你證明，自己可以自主生活一個月，但我也希望你給三個小小孩一個機會、一個明天的機會。」

攬：「眞的？」

門：「廢話，不然是煮的喔？」

攬：「我可以。」

門：「最好是這樣，每天推著一台小推車，在大熱天裡走一、二個鐘頭去海邊叫賣飲料、椰子而不抱怨、摔東西、擺臭臉，爲了三、五塊錢的小事，和客人計較、爭執不休，不會感到羞辱、丟臉，運氣差一點，遇到機車澳客的時候，不會耍脾氣、當場發飆、惹事、翻臉兼海扁他一頓，因爲這些都是你的專長，實在不太相信你可以撐多久。以你的個性來說，你老爹大概不用一天，就會拆了我的骨頭，丟到海裡餵魚去了。」

攬：「你放心。」

門：「放屁還差不多。」

（2005/08/07、09、13、14、16、20）

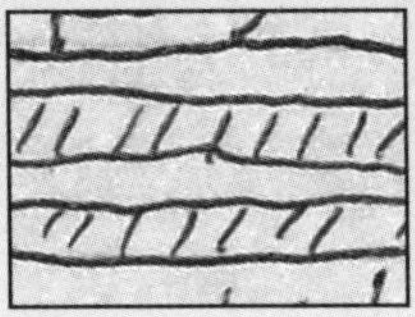

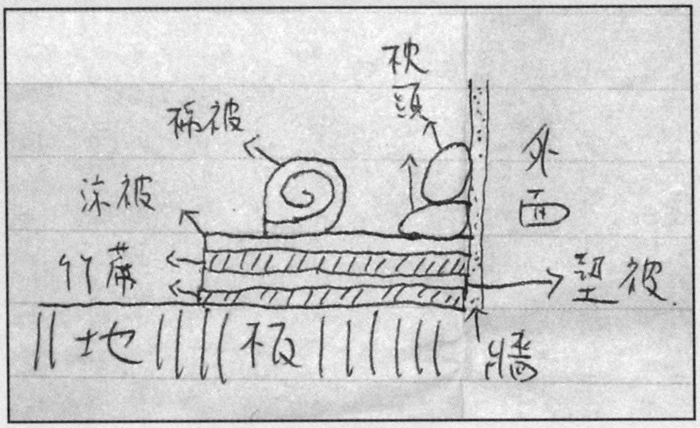

【第六章】我與前觀的對話

冬天洗冷水澡

冬天的步伐，帶起北風的吹拂，越近，天越冷。雨，百無聊賴，一陣下過一陣，催魂似的趕跑了夏天的熱情、秋天的詩意，空氣中瀰漫著惹人厭的濕冷。歪著頭考慮著，澡是洗呢？還是不洗的好？望著滿缸冷水清澈透明如一塊完美無瑕的水晶，又彷彿不存在的空氣幻象，不自覺縮住身子，拉緊棉被，用力甩頭，努力想敲散這個不切實際的念頭。而陣陣寒氣，藉由冷熱對流的效應，不斷從窗櫺的細縫鑽入房內，只有一句話可說，冬天真不是我的日子，好想冬眠啊。

站在廁所旁的前觀，脫掉上衣，露出胸膛，蹲到水桶旁，舀起一瓢冷水當頭淋下，我瞪大眼睛，驚奇的看著眼前這一幕，不禁全身起雞皮疙瘩，顫抖了起來。

「人啊！會冷嗎？」

問題有點白癡，但還是想問。前觀像是聽到但不屑回答似的，繼續他的動作，右手按壓洗髮精，左手接住，順手往頭髮上抹去，搓揉起來，不一會，滿頭的泡泡，再舀冷水，一瓢一瓢的洗乾淨。

「人啊！這麼冷，你要洗澡嗎？」

「廢話，不然當我在玩水喔！」

前觀褪下褲子，丟到床板上，用水瓢舀起水來，熊熊往胸口和背部淋下去，直到全身濕透了，再開始打肥皂。眼前冒起一陣白霧，緩緩向上蒸融，像是靈魂脫離了肉體，不願再跟前觀這個白癡在一起折磨自己似的，連忙逃開，成爲裹在棉被裡裝死的我，牙齒不爭氣的上下互擊，發出喀喀聲響。

「你的心臟『縮去沒』？麥假勇哦，再假就不像了！」

「你想太多，水一淋下去，整個身體就熱起來了，寒冷的感覺立刻消失得無影無蹤，更何況洗澡和水冷不冷是沒有關係的。」

「呵，聽你在放屁！」我掙脫開棉被，拾起身旁的報紙，猛力上下搧風，臉上露出奸笑，不懷好意的點著頭，腳板順著手舞動的頻率，打著拍子，「我猜，剛才淋水的時候，是因爲你才剛脫下衣服，身體的熱氣還沒有散去的緣故，所以不覺得冷，等你打完肥皂，水再淋淋看，我看你會喚到大小聲，皮皮挫，不冷？沒關係？沒感覺？我聽你在放屁兼吹牛。」

前觀打完肥皂，拿起水瓢，舀出滿滿的冷水，側過頭，眼光順勢朝我斜瞧過來，仍是說：「你想太多了！」然後一瓢接一瓢的沖洗，直到身上的泡沫都消失了才停止。

一股冷意從腳底板竄上身來，一不注意還被水潑濺到皮膚，感覺像是針在扎似的，刺入骨髓，全身不爭氣的抖了起來，念頭一轉，馬上扔下手中的報紙，拉起棉被，捲春捲似的、全身又重新包裹起來，只露出眼睛。

「你是神經趴過線了，是不是？」

但前觀一邊穿衣服一邊輕鬆的回答：「我只是想知道死囝仔的生活而已，說眞格的，我還在室內洗，沒有北風這股力量的折騰與磨練，感覺差多了。死囝仔可是在完全沒有遮蔽的廟埕洗，風，四面八方呼呼的吹，欺負人似的一刻也不肯停歇，完全沒有半點憐憫受苦人的意思，那才眞的會死人啦！我，只是學個四不像而已，妄想用同樣的方法，可以得到相同的智慧與對事的堅定態度，其實那只是自欺欺人而已。有熱水不洗、有東西不吃、有棉被不蓋，拉條薄被單裝裝樣子，一切的一切，在出發點就是那麼的不同，所以，他的感受，沒有處在相同的絕境下，是無法理解、也體會不出那股反抗生命束縛、努力求生的滋味。」

「你是白癡，腦袋壞了是不是？好的不學，淨學些沒有的，明天我幫你寫報告，讓你去看醫生啦！」我說著，而前觀臉上露出微笑，嘴巴不停嚅動，像是在咀嚼我的話似的，我內心不禁得意了起來，「知道我的話有道理喔，自己顧好就好了啦！」

「如果凡事只爲自己想，那麼身旁許多正在受苦的人怎麼辦？誰來幫助他們？並不是閉上雙眼，選擇遺忘就可以逃避的。」前觀從鼻孔裡迸出這些話來，態度相當不以爲然。

「好，眞要耍嘴皮子是不是，你爸我今天奉陪你。我問你，從你開始操作所謂的理念與訴求，到進來關的這一段時間，你達到了哪一項，做到了哪一點？」

只見前觀一副沉吟思索的模樣，眼底的精光慢慢黯淡，不時抓抓頭、揉捏著鼻頭，雙眼凝視空氣中的某一點，想從中看出端倪似的，又緩緩低下頭，嘴唇微微翻動著，「嗯……，沒有。」

「靠！沒有也用不著那副死樣子。」

接著，前觀蹲坐到床板，背靠牆壁，雙手環抱住膝蓋，眼睛斜瞧上天花板，整個人彷彿變成了一尊雕像，周圍的時空也爲之凍結，許久許久，緩緩道出：「我正在尋找上帝開啓的那一扇窗牖，只要我有心，一定可以尋找到。」

「嗯，有個問題，雖然我不喜歡跟人討論宗教、種族、黨派、膚色，但是有一點我很好奇的是，你平常表現得像個無神論者，只相信自己、信仰自己、敬畏自然的力量，可是你讀聖經的時候會說：『願恩惠平安賜予眾民，願主耶穌基督與眾民同在。』靜坐念佛時會說：『願此功德迴向法界眾生，願一切眾生離苦得樂。』你會不會有點混亂的感覺？」

前觀突然跳起來，站得挺直，望向窗外落雨的景色，連珠砲似的脫口而出，「我自己也不知道爲何，但我知道人生要有希望，才有前進的動力，要有目標，生命才有意義，總之不管如何，心存良善，就無所畏懼。雖然我不是什麼人，沒有多大的力量，只求無愧於心，對得起自己。」

於是周遭的天氣，感覺不再如此寒冷難受，身子停止哆嗦，心也熱了起來。望向窗外，雨停歇了，黑白相間的喜鵲重新站上樓頂的天線架，不時擺動長長的方向舵，發出渾厚的低鳴。灰濛濛的天色漸漸褪去，陽光從雲後透出一片白亮，像在開窗。

（2005/10/29、30）

為反對 WTO，絕食抗議的第六天

「我覺得很奇怪耶，你爲什麼每次都搞些無聊的舉動，嫌自己日子太好過了是不是？絕食那麼多天你不餓？不難過是不是？可不可以正常一點，表現出在關的樣子，不要常常突發奇想搞怪，很煩耶，跟你一起關，渾身都不自在。」

前觀：「我做事有我做事的原則與方法，只要覺得對的事，別人講什麼，我是不會在乎，也不會理會的，尤其是你。」

「你這樣說就不對了，難得我們相處這麼久，是關心你才告訴你的好不好，別人我才懶得理呢。」

但前觀盤坐，背靠著牆壁，左手支撐著腮幫子，右手指輕輕打著拍子，一副悠閒模樣，完全看不出已經六天沒吃，說道，「我說過，我不跟沒有實力的人當朋友。」

靠，右手凌空一甩掌，往自己大腿猛拍，「媽的，少來了，來點新玩意好不好？」

前觀露出微笑，徐徐吸一口氣，臉朝另一側，眼睛凝視著天花板的電風扇，微微皺眉，下嘴唇上扁，緩緩吐出氣來，「你不會懂的，我們是兩個世界的人，我的感受，說出來你也不明白。」

心中是幹字連連，講得好像別人白吃米、沒長大、沒出過社會似的，激起我無比的賭爛，挑釁的說：「我看過的自殺的人，不會比你少啦！」

前觀立刻轉過頭來瞪視我，他的眼神好像一把利劍，作勢要突刺我，我心中打了個突，滑了一跤，登時有點嗑到的錯覺，連忙吞兩口口水，氣勢弱下來，下意識伸手在脖子磨磨蹭蹭，解除射向心頭的那一道目光所造成的顫慄感。

「沒有啦，不就是討論一下，那麼認眞幹嘛，你那副模樣好像要殺人似的，讓我渾身起雞皮疙瘩，臉轉開啦，我晚上會作噩夢，在這裡嚇到又沒有人要幫我收驚。」

前觀的表情鬆了下來，上半身前傾，依然維持盤坐的姿勢，不過一隻腳跨上置物箱，又是那副一眼張眉，一眼皺眉的質疑模樣。

「你這張臉在想事情的時候，爲何總是一眼大、一眼小，右眉低、左眉高？而且還會抿著嘴似笑非笑，中過風是不是？」

「這種無聊的問題，我不回答。」

「那說一下你絕食的感受好不好？你也知道，我是好奇寶寶出身的，最喜歡探聽一些奇怪又無法理解的事情。」

前觀拿了顆枕頭塞到背後，順勢靠上去，左手反覆揉捏著腳踝，眼睛望向鐵窗外，被欄杆及紗窗切割成碎片的夜空，黑暗中透著閃閃燈火，照耀通紅的穹蒼，猶如在遠方的某處，正燃燒著熊熊烈火，怒焰沖天，吞噬掉夜的黑與星辰的光芒。收音機傳來江蕙淒淒婉轉的歌聲，句句如訴，觸動心弦，當下這刻，遲鈍的心也受到感染，再白目樂觀的我都覺得，世界還眞有那麼一點的討厭，心頭湧現，生亦無歡、死亦無懼的感受。不過一皮天下無難事的念頭，又蹦蹦跳跳的快速接近，忽然，笑了出來。

「你在高興什麼?」

「沒有啦，只是看到你又聽到歌，心中有那麼一點點漂泊的悽惻感，有種天地雖寬，何處是吾家的感嘆，想想，一個人還眞的不好過，還好你爸爸我朋友家人都很多。」

「有愛就要追，有夢就要圓，人生永遠也不知道何時會謝幕，顧慮東、顧慮西，時間都浪費掉了。丟臉又如何?被嘲笑又如何?至少曾經勇敢過，不然只會碎碎念，慢慢搓、慢慢磨，像個女人一樣。」

我好像被看穿一樣，心揪了一下，我想我的臉一定像張被揉過的報紙，都Q在一起了吧。情況有點小尷尬，我是說我自己，前觀反正就是那副死樣子，天塌下來都不會閃躲似的。

「媽的，你是第二個這樣說我的人。」煞車，停頓，目光瞥向前觀，等待他進一步相詢，第一個是誰？許久，有點不耐煩的抓了抓頭，「喂，你怎麼不問我第一個是誰？這樣子我很難接著講下去耶。」

「我不會問，也不想知道，更何況你那張大嘴巴，不用問，你也會嘴癢，洩漏出來。」

臉迅速充血，漲紅，有種熱烘烘的辣辣感，人爭一口氣，佛爭一炷香，想賭氣不說，證明前觀的話是放屁。仔細將前觀全身上下打量一遍，堅持的那股氣，頓時碎了一地，靠，跟這種活死人計較的話會短命的，更何況我還眞是守不住秘密，呵……不是我大嘴巴，只是覺得，朋友嘛，哪有什麼需要隱藏的秘密，「啊！好啦，當你是朋友才告訴你，是囡囡。」

前觀頭也不回，依舊出神望向夜空，好像天上有寶要落下來似的，專注不移，「我說過，我不跟沒有實力的人當朋友。」

媽媽的，氣不打一處，而是七竅生煙，全身各處皆冒起團團火苗，「你以爲我希罕跟你當朋友喔，只不過講一下，跩個二五八萬。」

「我只是陳述事實。」

倒吸一口長長的悶氣，用二氧化碳把心中的怒火壓抑下來，阿Q的念頭跑出來繞了一圈，好吧，打定主意，原諒你這個王八蛋的無禮與冒失。

「懶得跟你辯，回到原來的話題，今天第六天了，明天一早醒來，你絕食所設定的時間就到了，你現在感覺是什麼？」

前觀冰冷的臉龐蕩開笑靨，眼睛往左拉，順著毛巾架、鐵門、圖表、房間號碼、空白泛黃掉漆的牆壁、木窗，一路掃過，再度回到窗外的夜空，航行的客機此刻正隆隆的劃過天際，「沒有感覺。」

我咧，不是我修養差，愛罵髒話，實在是前觀太機車、太欠扁了，眞想跳起來踹他的腳，消消心頭怒火。

「你不餓嗎？」

「不餓。」

「你在騙小孩是不是？」腦袋突然閃過一個惡魔，「喂，該不會是趁我在睡覺的時候，你偷偷爬起來啃餅乾吧？太老千了，枉費我擔心這麼久，怕你傻傻的就死掉。」

前觀整個人側滑，躺了下去，趴伏著棉被，「你的眼色不利，而且判斷力差，觀察力也不夠細微。」

腳蹬了一下，人彈起來，房間四處檢視，就這兩坪不到的地方，一眼全看盡了，搔搔腦袋，「眞的沒少什麼。」

「總有一天，別人把你抓去賣了，我看你還會興高采烈的幫他數錢，聰明點，不要隨時都一副散散樣。」

登時像中箭的河豚，鼓鼓的氣，全洩了出來，連反擊的話也講不出嘴，只能喉頭連接當機的腦袋，枉費我愛辯、愛扯、愛哈拉的舌頭，算了，趕緊跳過尷尬的場面，「不餓，爲什麼？」

前觀右手成拳，伸出食指點了點自己的腦袋，「因爲我有準備，我有練過，我有看書，而且老早在進來之前，我就一直幫自己做心理建設。」

心中起了一團毛球，伸手去拉、去扯，沒理清還跌了自己一跤，纏了一身的毛線。

「有書在教人如何絕食？我聽你在放屁，那書要賣給鬼喔？誰會無聊到那種地步，吃飽撐著嫌命太長，盡幹些無聊的勾當。」前觀右手慢慢從右側畫了個四分之一圓，凸出大拇指向自己胸口點了點。「喔，對喔，世界還是有你這種『怪角』，不對，是『你們』這一票怪角，生眉、發鬍鬚、長這麼大，壓根都沒想過有這種冷到偏門、凍死人的經典大著。」

「那是你少見多怪，視野永遠停留在自己與這個小島的緣故，整天像隻壁虎，最大的興趣就是打蚊子，幾歲了，看看身分證好不好？」

「鬼扯，不然舉個書中的例子來聽聽。」

「其中一段寫到，絕不能有作弊的行爲，不然身體會負荷不了。」

「作弊？偷吃東西嗎？」

「你不要整個腦袋淨裝些下三流的齷齪想法好不好。」

「不然你說，作弊的定義是什麼？讓我這個好奇寶寶聞香聞香也好。」

前觀伸展著筋骨，左手往後一拉，腳一側，噗的一聲，「可惜我的屁是臭的。」媽的，拾起一旁的枕頭，用力擲了過去。

「作弊的定義是，在你清楚、明白、確定知道絕食日期的那一天起，刻意吃過量的食物想撐胖自己，或透過其他小手段，如停止運動，那就代表你違反了規則，體重自然會掉下來。」

「我聽你在放屁兼唱歌，狂吃、不運動，體重會減，那減肥藥是專門賣給難民吃的是不是？唬誰啊！」

前觀揉了揉鼻頭，吸了吸，「你少聽了兩個字，絕食。」

「那有什麼差別嗎？」

「當你下定決心之後，你的意志力會排斥抗拒一切作弊的行爲，導致心靈與身體的作戰，吃不吃就成了大問題，醒也戰鬥，睡也防禦，無時無刻不在警戒，持續幫自己做心理建設的同時，過量的食物，如同江河，一瀉千里，吃再多也只是枉然。」

面露疑惑，「有點玄，就算你胡說八道，我也沒辦法，因爲聽不懂，更不可能拿自己的身體去實驗。對了，你不是在絕食，爲什麼還要打羽毛球，不是更累、更消耗體力嗎？」

「那是一種身體與心靈的溝通與對話，我要從運動中去判斷身體告訴我的訊息。」

「那你覺得自己最多可以撐幾天？」

前觀恢復盤腿坐起來，背靠枕頭，頭貼牆，整個身體斜斜的杵著，眼神有點迷濛不清，喃喃自語道，「七天以下是休閒的安全範圍，過了七天到十天左右要看個人體質，有的會出現幻覺或妄想，不一定，有的人不會。十天以上屬於決定性的一搏，在愛爾蘭共和軍裡，通常是以生命維護理想，沒有妥協，沒有退縮，絕食禁水，用堅持的反抗意志，走完人生最後的旅程。記得他們有段話是：『自治不等同獨立，尊嚴不容許踐踏，追求理想沒有明天』。」

「ㄟ，有個問題，那他們在監獄裡，英國政府不會救他們嗎？」

「這是個蠢問題，當一個人堅定追求理想時，就算是『鐵娘子』也阻止不了，你不會懂啦。」

氣氛有點僵，站起身到窗口透透氣，脖子轉了轉，甩了甩手，身體左右旋轉外擴，藉著暫時抽離情境，化解一下緊繃令人窒息的論戰。前觀的話卻在身後響起，「記得當兵前的一個夏天，我去台中火力發電廠附近的灰塘釣魚，在防波堤遇見一個『水妹妹』，獨自一個人坐在『肉粽角』（三角狀的水泥塊）上，雙腳蜻蜓點水似的，在海面上泛起一圈圈的水紋，渾身散發出一股鬱鬱糾結之氣，好像環繞著一圈灰濛濛的煙塵，跟四周的景致、快樂的人群、朗朗的天與湛藍的海洋搭不起來。忽然，她站了起來，『作勢』往海一跳，完全來不及思考，釣竿一扔，我抱起冰箱就往海裡跳。」

心中起了個問號，「再來呢？咦，你不是當兵後才學會游泳的，那你跟人家逞什麼英雄？」

「當時我根本來不及反應，她是『作勢』一跳，作勢聽懂了沒？就是沒跳。」

「媽的咧，人家長得漂亮，隨便晃點你，你就拚老命喔，再來呢？」

「當然喝了點水，死命抱住冰箱，雙腳亂踢，祈禱上天保佑，總算命不該絕，爬上肉粽角時，又被蚵殼劃了幾道傷口，痛到想問候他全家的程度。搖搖晃晃還沒站穩，聽到有人喊我的小名，『阿文，這麼久沒見，你還是老樣子啊！』一驚一嚇，腳步一滑，碰的一聲，連人帶冰箱又一起跌回海裡，手上的冰箱還剛好順勢砸中我的頭。」

忍不住大笑了起來，「你是七月半遇到鬼是不是？還是沒看過小姐？那怎麼沒死，不然世上就少一個禍害了。」

「再來就被救上岸，仔細一瞧，定睛一看，竟然是攪和角。忽然有股衝動想把他推到海裡去，眞是眼睛被蛤肉糊到了，國小他搬家後，就沒再聯絡。不過這不是重點，是他後來說的話讓我難以忘懷，他說：『有一天我出事，記得，不要救我，把我的骨灰灑在這片海裡。』登時重逢的喜悅與興奮，全被澆了盆冷水，發現原來這個世界上，不止我一朵浮萍在漂，只是彼此相隔，沒瞧見而已。順著時間的流水，一個拐彎，下一個遇見的是死囝仔。」

「嗯，先生，今天話比較多喔，認識這麼久，很少見呢。」

前觀蹲下來，雙膝平靠，雙手環抱，再手握拳，嘴巴不斷往拳眼吹氣，心神凝重的直視天花板的某處，「爲什麼我不會餓，因爲生命對我來說，就這樣，在送死囝仔回大海那一天，我告訴攪和角：『有一天我出事了，記得，不用救我，燒一燒剩下的東西，帶回王功的海裡，一個記憶鏈結的所在。』」

臉上冒出三條斜線，有種想蹲到牆角數螞蟻的無力感，二十幾歲的人，怎麼嘴巴淨講些不快活、灰色的話語，死啊死的。「你你你……」有點不知所措，「那你快樂嗎？生命中，你想追尋的是什麼？」勉強伸出手來，撥弄一旁的英文字典。

前觀抿了抿嘴，上顎咬著下嘴唇，蹙著眉，鼻孔發出呼呼的吐氣聲，側過頭，一副思索的模樣，「快不快樂對我來說，不是笑不笑、開不開心的問題，那太表面了，情緒上的起伏，但之後呢？你會發現世界還是一樣無情與冷酷，討厭的事情還是接二連三的發生，自然的災禍，並沒有因為人們的祈禱而有所改變或是停歇，簡單來說，你永遠不知道明天要發生什麼，因為這就是人生。我追求的是心靈上的平靜，對任何事物，抱持有能力就做，盡一切可能去完成，甚至付出生命爭取也在所不惜；無力協助的事，淡然以對，不去苛求。不是我殘忍或無情，畢竟我只是人，一個平凡人，不是上帝，沒有神力創造神蹟或奇事，當悲傷難過的事情降臨眼前，掬一把同情的淚，高興歡喜的事發生，希望把這個機會也留給別人一起來開懷，太多的事終將成為過去，明天還能期待什麼？」

「嗯，放屁放完了沒，我告訴你明天能期待的是，好好的飽餐一頓，因為明天一早，你絕食期限就到了。」很冷吧，我自己也這麼覺得，頓時彼此間出現一道冰，一隻烏鴉，呱呱呱，緩緩飛過，天冷了，該加件衣服了。

前觀站了起來，挺直腰桿，雙手向上下左右極限的拉長，然後背靠著牆，雙手自然下擺，閉上雙眼，提起左腳向前踏一步，右腳順勢跨一步，左腳的下一步卻遲疑了一下，再邁出比平常更大的步伐，懸空、靜止、沒有立刻落地踏實，像在試探前方的牆壁與心中界定的位置，頭稍微後仰，左腳也放下來，停頓一會，緩緩舉起右腳，一寸一寸朝前摸索，在碰觸到牆壁的那一刻，前觀整個人震了一下，旋即一個轉身，整個身體往牆壁一躺，空的一聲，馬上彈起立定，重複剛才的動作。整個空間變得有點詭異，像是某種儀式在進行，空氣中瀰漫著一股嚴肅靜謐的氣息，悄悄擴散。

「我們以爲自己很了解這個世界，能掌握一切的事情，但是一個閉上雙眼，捨棄用視覺判斷衡量這個世界時，一切都變得如此迥異，明明簡單熟悉的環境，兩三步路可以達到的對面牆壁，頓時變得遙遠，一切常態習慣的法則，在失去雙眼的判斷後，變得陌生，心情也跟著起伏不定、狐疑、不確定、害怕受傷、恐懼撞牆……種種發自內心無名的不安定感，像浪潮，將整個人都捲了進去。人總是太自信、太主觀，以自己爲出發點去衡量世界，有沒有用同理心，設身處地去考慮一下世上其他存在的人？孩童的高度所看見的世界和我們相同嗎？在主流價值觀以外的弱勢族群，他們的生活條件夠嗎？他們的感受爲何？社會是否公平賦予每個人平等的生存權？現今的社會由少數人操控，大多數人只是盲目的跟從，簡化單一的思想形成一種集體的暴力與所謂的普世價值，隊伍中，當有人睜開雙眼、停頓、裹足不前，繼而提出質疑，脫離隊伍，這個人就得承受從四面八方而來的壓力與指責，說他破壞所謂的秩序，但有誰問過，秩序是誰定的？所謂的公平與正義不能幫助需要幫助的人，那公平與正義會不會是僞善笑容下的一種解釋，其實並不存在。」

前觀繼續說著，「遇到挫折時，停下腳步，欣賞自然的美與包容，也瞧瞧人們是如何殘忍的傷害這塊屬於母親的大地，有一天，你會明白我的感受，那是一種『逆增上緣』。葉慈說過，人生是一個接一個來的意外，當你身歷其境時，覺得是一場接一場的災難，但多年後，當你再回顧時，那些意外往往是塑造你現在生命的泥土。」

我只能啞口無言，面對一個好像從石頭蹦出來的人，實在沒辦法多說什麼。突然眼角黑影一閃，反射動作，整個人彈起來，全神貫注，蓄勢待發，隨時準備攻擊，雙眼雷達似的，接收一切細微的線索，死蚊子，我跟你勢不兩立。四處走動巡視，搖動懸掛衣架上的衣服，翻動棉被，敲打枕頭，拉扯地上的塑膠袋，仔細尋找蚊子的蹤影。

神出鬼沒的蚊子，從地板方向竄起，一個箭步，雙掌用力一合，啪的一聲，笑了出來、樂開懷，那種感覺，跟早上聽到「運動」兩字一樣感動。沒辦法，枯燥無聊的囹圄內，稍微一點點變化，都能引起我內心的喜悅，運動是因爲可以去操場，抬頭瞧瞧沒被鐵窗阻隔的天空、太陽、斑鳩、客機、烏雲、蝴蝶、麻雀、雨珠……其實就是自由的味道。

前觀側過臉，雙眼斜四十五度角朝地板瞧，面帶一臉不屑的笑容。

「不要那種表情啦，打蚊子是我生活的興趣，也是調劑身心的辦法，我沒辦法像你，堅定信念，義無反顧，完全不把關當一回事，說實在的，讓你關，國家還真白花米養你了。」

夜深了，窗外風勢逐漸加強，不斷從敞開的窗戶灌進牢房內，吹動著冬眠的抽風機，快速轉動。

（2006/03/08、11-15、18）

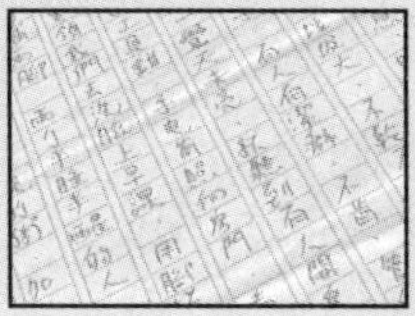

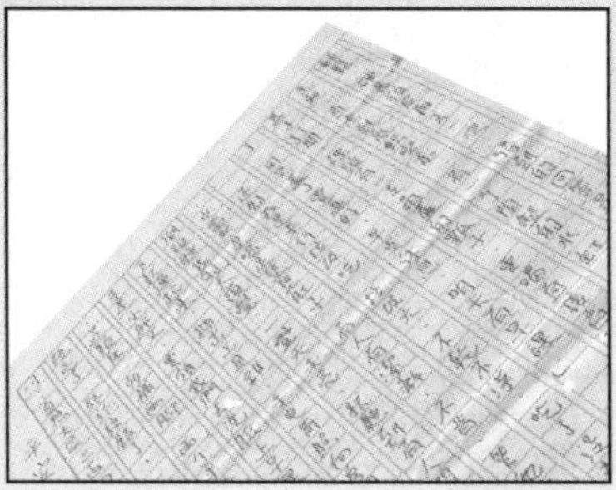

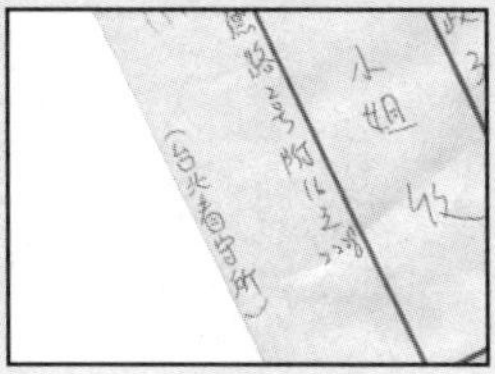

【第七章】從圍牆內寫信

看守所的風景

看守所和電影上看到的不太一樣，我現在住的是二人一房，一扇門、一扇窗，早晨時陽光由窗戶照入，慢慢隨著時間改變，由左向右移。中午時陽光完全退出房間，在窗外的空地上，時常出現鴿子、斑鳩、麻雀，鳴叫聲伴隨著風吹入，從窗戶望出去，減少的只有月亮和星星，和微不足道的自由。星期一至星期五早上有三十分鐘的時間，可以到窗外的空地上，走走、活動筋骨。

世上沒有公不公平這種事，人心是偏的，地球是斜的，從來就不曾有過公平與正義，像世界和平這句話，每個人都會說，但是從古至今，有哪一天不打仗，大到宗教、種族、膚色、區域、政黨、權力，小到看你不順眼，都是發動戰爭的理由。理想與現實，只要存乎於心，不要對不住自己的心就好。

有時看清這個世界，會覺得很想笑，像美國，號稱民主國家的典範，最重視人權問題，實際上地球上百分之六十以上的恐怖組織，都經由美國所訓練，當然也包括賓拉登和他所領導的基地組織在內（他們是蘇聯入侵阿富汗時，美軍訓練的游擊隊）。在九一一之後，美國通過了愛國法案，只要懷疑你和恐怖組織有關係，立刻送你到古巴的關達那摩灣，宣布你因愛國法案而失去一切憲法上的保障，同時也失去海牙國際法庭和聯合國決議文上的任何人權保障，再要完整走出來是不可能了。

（2005/03/12）

絕食的滋味

在三月初陸續寄了幾封信給幾位委員，隔幾天，北所就收到一張來文，限制被告三等親以內，才能通信。本來還不以爲意，反正到五月初才實施，慢慢來，時間還多得很，能拖則拖，能混則混，是我本身最高指導原則，不急嘛，火燒屁股再說。

但有一種人就是無聊，不蹲在牆角數螞蟻就算了，偏偏會客時靈光一閃，想到通信問題，立刻就說，告訴弟弟，麻煩通知「小蘋果」和律師，找民視和中時，再拜託委員去問是怎麼回事。好死不死，人生眞是一連串巧合所構成，星期五下午會客，下星期一一大早就宣布通信限制改四月初，本來心裡還不太確定是不是自己害了大家，但這樣改，擺明了針對誰，心裡老大不高興，琢磨著明天開庭，第一件事就是說通信的問題。

巧合就是如此，不相關的事搭在一起，加上這張嘴巴，逞一時口快，絕食兩字就蹦出來了，誰的勸都不理會。接下來只是閉目養神，一切問題以沒意見回應，心裡盤算著下一步該如何！

搞笑的是，公文其實早就擬好，只是在湊巧的時間發，通信時間限制是所長看錯日期，所有的事，都跟自己八竿子碰不著，是自己大包大攬，把事兜上身罷了。可是、可是，說出去的話，像潑出去的水，收也收不回了，更何況關係到面子問題，不死撐住也是不行，不然傳出去很難聽，下一次開庭時，法官一問，身後坐那麼多人，以後還要不要做人啊！

第一天其實還好，稍微有預想，餓是會餓，但沒有多大感覺，本來晚上固定做仰臥起坐和伏地挺身都暫停，保留體力繼續撐。不過晚上可難過了，最少醒過來五六次以上，肚子也一直拉警報，通知我該吃飯了，可是絕食只一天不吃，那會笑掉人家大牙好不好，說什麼也不行。

第二天看見水果，盯著，瞧見餠乾、肉乾，瞪著，覺得好像身處愛面子地獄正在受苦，肚子也不爭氣似的、拚命演奏著交響樂。中午飯來了，一直呑口水，一直呑，怕口水流到地上去，大聲告訴自己，面子、面子，也不知什麼原因，不要臉的我，竟然重視起別人的觀感了。下午不知是餓過頭，還是怎麼樣，竟然一點飢餓感也沒有，只覺喉嚨有點痛，晚上是一覺到天明，眞好眠。

第三天，一站起來，馬上頭昏眼花，差一點跌坐地上，四肢好像因爲我不吃，所以選擇了不合作運動來抵制我，說話有些遲鈍，看書時需要一字一句仔細看才能理會寫的是什麼，反應也變慢了，坐著的時候，需要依撐著東西，全身有無力感，奇怪的是不覺得餓。

下午，我那欠扁的弟弟來會客，竟然帶著會客菜，而且都是我愛吃的，口水快接不住了，開庭的時候他又不是不在，明知我在絕食，還帶會客菜來引誘我，眞優秀。當然是拒收，看著菜一步一步離我而去，好似電影戰爭情節中，面對同袍死去，如此的不捨，內心聲聲呼喚我的燻雞、我的豬腳、我的滷大腸……不要離開我。

會客期間，眼睛死盯著菜，吃不到也要看個飽，絕食如果是原本就沒得吃，那就算了，最難過和要命的是，明明菜都到手了，香啊！還要裝作生氣的退回，怎一個「忍」字述說得清楚呢！我弟弟走沒多久，妳和淑芬姊（編案：民進黨立委林淑芬）就來了，看到芭樂，肚子又不爭氣了，聽到是妳早上剛採的，眞的好想吃，只是爭一口氣，笑一笑心情也舒緩多了。這次就當作是一種試驗，順便了解一下自己的能力到哪裡。

一波未平、一波又起，芭樂拿回舍房，訂的麵包也到了。把塑膠袋打開，湊近鼻子，用力大口大口的吸著，貪婪的模樣，像礦災後劫後餘生的工人，從坑底重返地面，呼吸到新鮮的空氣，臉上現出滿足感，眞是好耶，原來天人交戰也不過如此。只是三天不好聽，繼續邁向第四天，晚上還沒想睡，人就倒下沒知覺了。

第四天，一早起來，發覺自己站著的時候會晃，打噴嚏時，肚子會有抽痛的現象，胃一直發熱，思考著，是中午吃還是晚上吃，哪個比較保險？中午吃嘛，怕下午有人來（面子嘛），下午吃，人是不會餓，不過身體在唱反調了，出現異常反應。決定吃午餐，中午一到立刻來瓶牛奶，以前總認爲鮮奶有一股羊羶味、有點噁，但如今不喝也不行。喉嚨有點痛，飯加湯一口一口慢慢吞下去，肚子馬上打起鼓，歡樂起來，眞是上不了檯面的蠢東西；可是吃不到半碗，有點反胃想吐，身體發出警示，該停了。下午兩點多，芭樂一點一點咬著，品嚐著果香，邊吃邊喝水，吃完芭樂換麵包，呵……想補回前幾天沒吃到的分。

直覺還滿準的，麵包咬完就有人來會客了，一次還是五位，嗯啊嗯，小丸子又附身了，中午眞是不該吃，有點後悔，才說完愛面子會害死人，又犯了。

吃完東西開始一直跑廁所，肚子總是怪怪的，可能在指責我吧！要過幾天才會恢復正常，人也比較累，比較容易疲勞，沒辦法，誰要自己講話害自己，還好南部的老人家都不知道，問的時候都說沒這回事。本來預定要絕食六天，但有人提醒，倒下去事情就破梗了，不要亂來。

終於可以吃東西後，問我有沒有什麼啓示？有，寧願吃給他撐死，也不願意當個餓死鬼，不吃，難過哦！當晚心一橫，大碗泡麵就吃下去，肚子很撐很飽，很好睡。隔天星期六，中午冷水一洗，整身都起雞母皮，冷哦，一直抖，但知道身體正常了。

（2005/04/02）

獄中札記

最近在看大陸出的格瓦拉的書，第一次妳見到我的時候，曾問起格瓦拉，其實我對他不熟，是當時有一部電影，《革命前夕的摩托車之旅》，剛好記起來，以前學過他的叢林戰術，只是人名對我來說，就是個符號而已，也懶得記那麼多。

天黑了，就是運動的時候，一個基數是仰臥起坐三十五下，伏地挺身五十下，寫信腦袋空白時，就做一個基數，做完、看書，靈感來了，再振筆疾書。只是有點懶，時時想摸魚，一晚大多做六、七次而已，沒辦法，抓了抓肚子的肥油，很捨不得這熟悉的好朋友。室內運動枯燥、無聊，沒有變化，不像游泳，有魚兒與海底美景的陪伴。

搜尋著月亮的蹤影，夜幕上只出現泛紅的白雲，ㄟ，一點點、只有一點點，月亮從雲後露出微微的笑臉，呼、呼呼，用力想吹開擋住月娘的雲朵，媽的，眞是跟我作對呢，又飄來厚重的雲朵，將月娘隱沒雲後。

（2005/07/20）

●

右手隱隱作痛，無聊情緒在發作，透過鐵窗看向外頭的月娘，大大圓圓的笑臉，是家人的感覺，不過烏雲不時跑來攪局。有點冷，四周溫度因雨降低不少，看著《讀者文摘》，心情泛起絲絲漣漪，月娘從雲後蹦了出來，突然，有種想一腳把她踢回去的衝動。

反覆按著收音機的開關，想著十點怎麼還沒到，學完英文之後，才可以躺下來等待瞌睡蟲上身。運動完，用毛巾擦了擦身體，全身毛孔舒放的感覺，眞不錯，這也是我想運動的原因。

最近脾氣變差了，常常耍嘴皮子和發怒動氣，吃飽太閒的緣故吧！爲了一點點小事，蹦蹦跳，活像小孩子似的。從前就知，自己的表達能力有障礙，所以節制飲食來控制愛講話的大嘴巴，爭得面紅耳赤，並不能解決問題的癥結，抓住立足點，發動準確的一擊，才是做事的精神。呵，不過很難啦！

（2005/07/22、23）

●

操作了一年多，發現自己只有打雜的命，不管再怎麼努力，還是原地踏步，一點進展也沒有，除了小聰明多了些，招術精了點，其他一無所獲，充其量只可以和童子軍玩，對農民、小孩是一點幫助也沒有，引起注意的只是自己、自己而已，這是很難笑的事。

進來快八個月，所有目光還是在我身上，除了掃到幾個人下水外，其他還是渾沌不明。急、眞的很急，一直在幫自己找老闆和接替的人，我沒有智慧，也沒有當老闆的實力，沒有綜觀全局的眼界，而且最近的作法，好像一名幼稚的小孩，急於表現自己的小聰明、小手段，完全模糊了焦點，自己也是靜不下來，煩躁得很。

（2005/07/26）

●

職棒又賭博，媽的，看到報紙的社會版，眞有一股衝動，想直接撕了它，同樣一顆石頭踢到兩次，到底是幹什麼吃的！滿腔的熱情，頓時變得意興闌珊，嘆口氣，明天太陽依然會出現。

出庭，心情眞是平靜無波，任何消息，都不能在心底泛起絲絲漣漪。「自首」？沒感覺，倒像是路過，剛好聽到，呵，也不知道，就是很不眞實的感覺。律師、教授，每個人都樂得很，走出法庭，法警突然振臂一呼，接著撞到門角，踩到我的拖鞋，我笑了出來，向他說聲謝謝。

其實我怎麼高興得起來，多少人心中以爲我在無聊惹是生非，該說的都說了，第一次那麼認眞的解釋，可是沒人信，算了。討厭的念頭，像蚊子是一隻接著一隻，打也打不完。

（2005/07/29）

●

雨要下不下，腦袋瓜有點混亂，一天一天的日子過得飛快，報紙看完，洗完澡，太陽就休息了；寫信、運動，不知不覺就到了睡覺時間。寫信時，記憶像線頭，慢慢拉、慢慢扯，往事又湧上心頭，整個腦袋瓜有點脹痛，負擔不過來吧。恍恍惚惚的，不知今夕是何夕，像現在對著信紙，是在想過去，還是未來呢？窗外黑鴉鴉一片，希望明天不要下雨，想打羽毛球，現在才發覺，游泳、潛水、慢跑以外，打羽毛球也能帶給我快樂的氛圍。

關於笑的問題，之前有人告訴我，「你就是太有自信、太臭屁、太愛笑，所以讓有些人反感。」可是我能說什麼？愛笑是天生的，我媽就生給我這張笑臉，不然要哭喔，更何況，我只在乎自己做什麼，而不是在別人眼中像什麼，那麼多人，我哪管得著。

（2005/08/09）

●

打羽毛球時，不經意抬頭望向藍天，雲一圈一圈捲成冰淇淋狀，放到盤中，加上綿綿冰和剉冰，淋上煉乳，再加一球芒果冰，用太陽的溫度，稍稍融化，結合在一起，層次、視覺、美感齊備，就是不知道口感如何？向風借根湯匙，嚐上一口，嗯，是大聲歡笑的滋味。

（2005/08/10）

●

雨，經過窗戶的左邊向右邊落下，斜斜的像是在傾訴某種力量的牽引，風不斷由窗外吹入房間，逼得電扇也發出沉沉的吼聲，太陽和烏雲無聊的玩著你來我走的遊戲，雨一陣一陣，籃球場的地面，乾了又濕，濕了又乾，心情也為之起伏。忽然明白雨為何不直直落下，而選擇從旁掠過，×，原來是我的情緒影響了雨的方向，呵，想太多、想太多。

（2005/08/12）

●

氣，氣到快中風。我弟今天下午來看我，帶三杯雞來，貪吃的我當然是不會客氣，大口吃、大口嚼，喀的一聲，心情瞬間盪到谷底，左門牙裂了。

一顆門牙少三分之一，看了自己都想笑，這顆牙齒之前就裂掉過，換顆新的，現在又裂了，需要再補顆新的，想想，反正待在這也不用出門，不然一定緊閉嘴巴，收起愛講話的舌頭，免得變成被取笑的對象。少了一顆牙齒，全身都不自在、不泰然，總覺得有點丟臉的感覺，好在今天下著雨，月娘不像昨天露出大大的笑臉，否則一定以為她是在取笑我，那我可是會更加的生氣，想用麥克筆讓她的牙齒變黑，與我相同，呵，作夢、作夢。把玩著半顆牙齒，不知用膠水黏不黏得回去……。

（2005/08/19）

人就是一雙手，力量有限，不可能做到每件事，或是幫助每個人。在認識死囝仔以前，一直覺得歐洲、非洲才是我發揮的舞台，一心一意想往外跑，揚名國際，現在的我會笑那時的猖狂無知，但是不會減低我對生命的熱忱。這就是人生，有夢才偉大，實際操作，那才是眞正的挫折，一事無成，除了搏點虛名外，不見功效，有點丟臉，不過要是事情那麼容易的話，世界早就和平了。

我住在這，並不受苦，也不難過，跟我預想的情況，還差了一大截，反倒是愉快得很，唯一的缺點是，這裡都是男的，沒有妹妹可以看，呵……不滿意，還是可以接受啦

天色未暗時，窗外掛起了月餅臉，在天空炫耀她的皎潔可愛，忍不住多看了幾眼，心情也好了點，不會再因一直跑廁所而感到無力。奇怪的是，蟋蟀也不再發聲訴說自己所受到的不平待遇，無緣無故被一個白目的人抓住，關進茶凍的透明盒子裡，不能再自由的跳躍、嬉戲，爲了感動而讚美大地，只能賭氣的躲在水果底下，用兩根觸鬚探索著自由的機會；還是牠與我相同，是吃了葡萄柚，純粹拉肚子拉到無力的緣故？想到這，不禁笑了起來。想把牠移到窗戶，讓牠與我一起分享月娘的魔力，一種撫慰心靈的力量。不過自己情況還是糟，有種快要翹辮子的感覺，明瞭肚子上的肥油正逐步溜失，不再是隨便用手就可以捏起一層保護

的脂肪層。

（2005/09/03）

●

從昨天開始，停止每天念經的行爲，並不是關於信仰，純粹是轉換心境與集中精神，才會每天上午下午各一次閱讀聖經，並在闔起書本時，胸口畫十，「願恩惠平安賜予眾民，願主耶穌基督與民同在。」有意義嗎？沒有，如同拿香時希望世界和平一樣，一種眞誠的愚蠢行爲。

（2005/09/09）

●

靈感一來，眞是擋也擋不住，不到一個鐘頭，儒賓教授與舒詩偉的信都寫好了。看著窗外又大又圓的月亮，不禁得意起來，慢慢確立自己的定位，我就是我，我的訴求與理想，不因任何人而有所改變或遮掩，不再需要感到不好意思，認定自己只做一點點的小事，出一份微薄的力量，得到關注是難堪的窘境，大聲說出，捨我其誰，大家鼓勵我、認同我，並不是因爲我，而是我想幫助的人、我所努力的方向。

（2005/09/17）

●

本來不太想在法庭上說太多，覺得有點像在狡辯，但是，大家可以誤解我，不能讓人懷疑我的理想，所以，當下三點，明天有機會的話，我會陳述出來。一、任何人都不能因爲任何的理由，去傷害一個人或是奪取一個人的生命，就算是他的父母或上帝也不行，因爲人是一種個體，他有他存在的理由與價值，不容許任何人去侵犯；而且，去傷害別人來達成自己的理念，是一種儒弱的行爲。二、爆裂物具有三種威力：溫度、碎片、空氣扭曲。威力可隨著成分、純度、藥量、密封度、添加物、時間、地點、方向、距離、溫度、天氣……種種因素，來判斷是否具有殺傷力及破壞性，其判斷的方式，必須準確與反覆的實驗、仔細記錄、收集數據來加以判讀，是否爲爆裂物，是否具有殺傷力與破壞性，這才是科學的精神，並不是像檢座他們用推測的，推測是表達立場，並不能讓人信服。三、關於信上說有恐嚇的意圖，我是想幫助人，並不是爲了恐嚇任何人才寫信的，而內容，很簡單，一個思考的方向，如何寫，電視才會播、報紙才會登，那是一種手法，目的是喚醒注意。呵，要我說這麼多，會不會太看得起自己了。

（2005/09/18）

●

有人問我，「代價這麼大，甘袾太重？」想了一下，笑了開來，「從沒想過耶。」他說，他家住西庄，親戚住在溪邊，我告訴他我住在萬興，他的話讓我覺得很有力，很親切，我也一直在想，關心的人有，只是鄉下目前的處境，在還沒有改變之前，關心只能放在心裡。

大口咬著梨子，「關」是一種痛苦，是對誰而言，從何比較？以什麼樣的思維來認定？判斷的方法在哪？記得在基隆新豐街擺攤賣雞的時候，不到一年的時間，撿到三個小孩、扶兩個因爲車禍躺在地上快半個鐘頭的人回家，還好囡囡剛好看到，不然他們要繼續躺在地上測試多久的人性，才能得到援手？那時內心的平靜，會好過於此時嗎？一位孩子不見、還大搖大擺在家看電視的媽媽，心裡在想什麼？問題一直縈繞在心頭，並不是遮住雙眼，假裝看不見就能掩飾。撥弄信紙，看到滿地的水果，一本本的書，捏揉著鼻頭，忽然黑影一閃，擾亂了情緒的起伏與方向，是蚊子，這麼冷的天，不在家休息，還出來討生活，眞是欠扁，啪，一次沒中，老了，不中用了。搖動著吊掛的衣服，拍打枕頭，舞動褲子，在電扇的放送下，蚊子再度現身，雙眼盯視著，隨蚊子的飛舞，移動雙手，啪，一合掌，內心笑了起來，殺生啊！打開雙手，蚊子已經扁掉。眞沒辦法，容易分心又爲小事所取悅的人，說他能多難過，騙人啦！

（2005/09/24）

●

沒聽到蟋蟀的鳴叫，還眞的有點不習慣，早上放風運動時，讓牠回歸大地的懷抱了，牠還是屬於草地的，不管牠是否留戀梨、蘋果、火龍果、芭樂、葡萄柚……，因爲我不懂牠的語言，無法溝通，還是請牠走路好了。在秋涼的夜裡，呼喚著露水的到來，是否會冷？不知，只有請牠多保重自己的身體，畢竟相識一場，雖然牠可能不太想認識我，因爲我剝奪牠的自由，讓牠在透明的茶凍盒裡，度過不少難受的時光，可是請牠依然奮勇鳴叫大地的歌聲吧，無聊時，來窗口會會我也是不錯的選擇，但請不要罵著我不懂的語言，會讓我誤會是讚美。

（2005/09/26）

●

不知道是不是太放鬆了，忽然有股莫名的恐慌圍繞著我，腦袋瓜也弄丟了寫信的靈感，一下想要看書、寫信、聽收音機，一下子只想睡覺，完全失去生活的節奏，心情也變得易怒起來，看什麼都不太高興，白目症又在發作了吧！

星期一的早晨，一個禮拜的開始，在房裡悶了兩天，都快發霉了，打羽毛球那種奔跑、跳躍、回擊、拍打、吶喊……，對著陽光汗流滿身，內衣貼住身體，不時擦汗，那種暢快淋漓的感覺，眞是棒。回房時扭個毛巾，擦拭身體，對著電扇，風帶走沉悶的不快，換來涼涼的輕鬆寫意，喝杯咖啡，繼續一天的開始。

最近在看《中觀要義》，「不生亦不滅，不常亦不斷，不一亦不異，不來亦不生」，思考生命的意義，能否「透」，呵，笨笨的腦袋，不太容易喔。想了又想，不快樂的人，怎能去幫助別人快樂，像我，可以因爲天亮、看見雲、吃到燒餅、打噴嚏、潛水、漫遊、看見幸福的人……種種不見得是理由的原因，快樂不已，雖然有時在不該笑的場合笑出來，有點尷尬，不過，沒辦法，我媽就生給我這張笑臉和愛笑的因子，看得開、放得下很重要。

（2005/10/03）

●

玉蟬是我不管什麼時候都會戴在頸上，也是唯一戴得住的東西（貼身配戴）。從小就不喜歡項鍊、手錶、戒子……覺得麻煩，也討厭，所以這是例外，「海晏河清」是我的生命，爬山、游泳、潛水、環島、做大理石、實現理想的路……絕不離身。現身的時候，和警察討論最多的不是案情，而是這塊玉如何如何。

（2005/10/07）

●

歷史在重複一種錯誤，人們踏尋前人的足跡，到死前的一刻還未知此生的目的緣由，糊里糊塗的走來，不明不白的逝去，明天會不會有如地獄一樣可怖？生命有其出口，世間一切有自然的定律在運行，凡事都考慮因循的目光，那要心智做啥？該吃的時候吃，該睡的時候就睡，不能出凡入聖，至少要活得自我，這個自我，並不是自私的我，而是明白一切周遭的人事物都是相關連、緊密不分的，人不可能自己一個活在世上，所用的東西也是眾人所成的。

讀了《憤怒的葡萄》，當一個人連基本維持生命的物質都沒了，工作不能使家人小孩溫飽，一天天瞧著他們消瘦、虛弱、病死，那樣的人生，是否需要省思，這世界到底怎麼了？敢不敢站起來，爲了家人、朋友、認識或不認識的人，表達出內心眞實的感受與憤怒；還是默默的鎭埋怨命運的捉弄、財團的欺壓、政府的漠視，在無用的言語掙扎中流逝生命？當人連生存的尊嚴都不再擁有時，上帝早已拋棄了你，那該是停止禱告，站起來，拿出勇氣，正面迎擊的時候了，所謂山不轉，路轉，路不轉，人轉，人不轉，地球還是會轉，走就對了，生命是不等人的，與其長吁短嘆，不如跌倒再爬起來痛快點。

（2005/10/11）

●

天轉涼，一陣雨一陣寒，冬天是要來了。牙齒補了許久，終於好了，不過反而不太適應，怪怪的，彷彿嘴裡多了塊東西，不時用舌頭去盤磨，好處是笑的時候不用介意少顆牙了。

早上起床時，頭有點脹、有點痛，像是蝴蝶要脫蛹而出的前夕，不斷鼓著翅膀，用力想撐開外在的拘束，頭一陣一陣抽疼，又好似預備破殼而出的雛兒，正用喙，啄著蛋殼，總之，是在提醒我不能睡太久啦！

（2005/10/16）

●

今天是李應章先生和二林蔗農事件的八十週年，雨停了，翻了翻祖珺教授的書，走這條路，沒有翻船而終老的，怕是少有吧，畢竟這是個大染缸，要心裡有數才行。常講的，一不怕關，二不怕死，但誰能肯定永遠不會變節？因爲這一跌不止臭名隨身，也傷害了關心我與我關心的人，就像淑芬姊講的，「時時警惕自己」，我比任何人都害怕自己的「改變」，總不能像哈馬斯的老闆，留個鬍子，戴頂棒球帽，穿著小丑服，廣告天下，比出時下女孩裝可愛的姿勢，宣告自己加入名、權、利（和稀泥）的鬥爭中，那眞是繼 IRA 之後，本世紀第二個笑話，感嘆啊！有時想想，人眞有無限可能，令人不寒而慄。

（2005/10/22）

● 最近天氣變化無常，要冷不冷，一直下雨，六天沒有出去運動了，人都快發霉了，棉被、枕頭也濕濕的，怪難受的，好在雨停了，希望明天可以出去走走。窗外的籃球場，傳來吵雜的蟋蟀鳴叫，而且一定是黑色的大蟋蟀，因爲中氣太足了，都快有回音了。

有一句話不錯，「監獄是理想家的宮殿」，其實嚣啦！死啦！都是身外之物，根本不足道，無所謂的事情，太過於重視，那就落入俗套了。

其實，不管是別人口中，或是電視、報紙、電台所講的「楊儒門」、「白米炸彈客」，有時想想，我還眞不認識他是誰？跟我認識的那一個要白癡、又無厘頭的人實在連不在一起，太陌生了。

最近新發現，窗外的天線架，多了喜鵲和烏秋的造訪，驚奇。

（2005/10/26）

● 過得太舒服了，連有沒有寫信都忘了，剛剛一直在想，有給儒賓教授和賴姊（編案：清大教授楊儒賓及台聯立委賴幸媛）寫信了嗎？記不清了，混得太過火了。決定要上訴，如同上次信中所言：「意圖供自己犯罪之用」，說實在的，不知所云，我知道這是法律條文，不過可以不用提，或在法庭上也不用宣讀，刑期多少，判就對了，沒意見。呵，小家子氣，我知道，不過這對我很重要，我所堅持的信念，「不是爲了我自己、不傷害別人，那就沒什麼好害怕的」。

被監視器拍到有兩次，第一次在立法院的側門，就是放置時被拍到，那在計畫之內，注意被拍到的人，走的位置是靠近馬路與花台之間的邊坡，那是寬約二十公分左右的容腳之處，一般時候，行人會走在人行步道，而不是馬路與花台之間的邊坡，不過看是看到了，能體會、了解的人沒有，所以「提示」再度失敗。從一開始我就不打算跑，所以一直提示「我是誰」，套一句朋友說的話，「留下的線索，看是看到了，但要組合起來分析那就難了，你應該留下手機號碼才對，比較容易點。」呵……，我回答說，就算是手機號碼，我人出現之後，還要能「證明」我是「白米」才有用吧！大家都笑了。

第二次是在捷運站內與立法院的中山南路，預料之內，夠清楚，不過對「空氣」一樣長相的我，效果有限。那天早上在市場賣雞，新聞一直播，但沒有人有反應，歸功於我平凡又低調的生活，大家都不認識也不記得「空氣」一般的我。到了中午，洗完澡，睡完午覺，才想，回南部好，還是出現的好？最後決定，穿著平常工作的衣服，腳踩著趴趴熊的拖鞋，拿著波蜜果菜汁，進入中正一分局。會緊張嗎？沒有，會害怕嗎？沒有，不過帶著一肚子鬼主意倒是眞的。

（2005/11/02）

●

關於斥堠、前觀、通信、刺客，是特種作戰的名稱，是一種混和的編制，大一點的還有醫生、爆破、狙擊，其他忘了，多是九人一隊，少則刺客一人，最出名的是由美國CIA派去刺殺古巴卡斯楚快七百次，可是一次也沒有成功。丟臉嗎？那可不，美國倒是得意得很。另一次是由法國政府派「軍人」出身的刺客，重點是「軍人」，搭潛艇由水下出擊，在「商用」港口，對綠色和平組織的彩虹戰士號，實施水下爆破，殺害平民船員一名。這項技術當今大概只有幾個國家可以，台灣呢？潛艇是沉下去了，不過沒有浮上來，還勞動吊車去拯救……，這是題外話啦。寫這些名字，是要讓警方有個方向可以偵察，不過這個「提示」沒啥效果，自己也想不透，會「一般性聚合」、使用「軍事用語」，這個人一定當過兵，而且一定是奇怪的部隊出身，不過警察爲何聯想不起來，我也不知。

（2005/11/08）

●

天氣冷眞的有差，嘴巴就是停不了，一直吃，一直塞，拚命想沖淡那股寒意，肚子都撐住胸口了，坐下時，怪難受，不過沒辦法，我是屬於夏天、屬於海的，冬天應該賜予我冬眠的能力才對，那我就不會討厭她了。沒法子，天馬行空的亂想是我的專長之一，有時放空腦袋，盡情的跑跳、奔竄，也是不錯的選擇，反而會讓自己有另一層的體會。

再冷一點，棉被就是最好的夥伴了，暖烘烘的滿足感，配上熱咖啡，再來點餅乾，人生的要求放低，幸福的事就在身旁；不過貧窮的孩子、無家可歸、流落街頭、頂著寒風辛勤工作的人……可就受苦了，難怪有人說冬天是有錢人的季節。

想起一件事，住在基隆的時候，我大妹在補習班工作，裡面有一對兄妹，冷天裡衣衫單薄，不知道的人，還以爲他們在練「功夫」咧，我大妹知道原因後，由我阿姨幫他們兩人都買了些衣服，妹妹穿了還滿開心的，不過那位哥哥可就是傳說中的「死硬派」了，說什麼也不肯穿，讓我想起死囝仔來，當尊嚴與日常生活的「瑣事」發生衝突與對立時，其中的選擇，端看個人了。以他八、九歲不到十歲的年紀，在老天不開玩笑的狀況下，說不定有機會活得比死囝仔久，不過，那也難說啦！有多少人在這種天氣底下哆嗦、發顫、得不到溫飽，但誰在乎呢？窗外傳來消防車的警笛，嗯，期盼一切沒事，人的力量有限啊。（2005/11/16）

●

呵，問我敢不敢殺雞，眞是太看得起我了，蚊子、蒼蠅、螞蟻……等等，粉小隻的昆蟲還行，之後會潛水，有段時間還會打魚，不過那只是一時的興趣，現在想起來怪難過的，我不吃魚，打魚只爲了滿足好奇而已，不過幾次以後就停了，海那麼美麗漂亮，破壞她實在是於心不忍。

（2005/11/19）

●

昨晚十一點多，聽到電台的音樂節目，在講述音樂與全球化、G8、WTO……的關係，眞是開啓另一扇窗、另一項眼界。資本主義的本質，是自由貿易競爭，所謂的適者生存、不適者淘汰，大欺小、強凌弱……，但總少了最重要的一點，「公平」。財團有政府、議員、法律、武器、銀行、通路……更多的時候，盡要些見不得人的「賤招」，一般人、農民、工人、職員、社會底層的人有啥？除了雙手之外，一無所有。但所謂的「公平」、「正義」、「眞理」卻都從令人生厭的人嘴裡吐出，只有×××足以形容我的回答。台灣的社會運動，如果有的話，那前方的路途還遠得很。

說到夕陽的美，那可眞得好好稱讚一下，每回由萬興回舊趙甲的時候，火紅像剛出爐的太陽餅，掛在甘蔗尾，隨著風，產生變化的感覺，天空霞彩一抹，白鷺鷥成群朝著太陽、海邊的方向歸去，然後月亮悄悄升起。說到月亮，不知妳有沒有跟我有相同的感覺，不管在哪，月亮都陪在身旁。之前做大理石按裝的時候，常常在夜幕低垂之後才下班，下班回哪去？其實自己也搞不太懂，浮萍般漂蕩在夜色如水的夜裡，悠悠晃晃，無處歸根，不過，抬

頭望向天際，皎潔開懷大笑的月娘始終陪伴著我，不離不棄，令我心安。（2005/11/23）

●

高雄是適合摩托車的地方，大街小巷，山頂海邊，四處亂竄，每個地方都有不同的感受，好吃的東西又多，又合我的胃口，重點是高雄的妹妹很漂亮，新崛江、原宿廣場、玉竹商圈、城市光廊、愛河堤邊、西子灣……。呵，不過現在我不太敢去就是了，內心有疙瘩，有障礙在，因爲我最怕的人囡囡住高雄，所以，有多遠，我就閃多遠，少接近爲妙。人嘛，難免，總是有那麼一點點愧疚在心。（2005/11/29）

●

我不喜歡口號這回事，搖旗吶喊人人會，可是做事的有幾人？那是政治人的舉動、手勢，我只需要做事就對了，其他一切，包括無聊人的看法，對我來說都是屁、都是廢話。就像我不願講出死囝仔、攪和角的名字是一樣的，在台灣，「尊重」這兩個字，是無法從日常生活展現的事，我不想我的朋友，在別人眼中，只是個可憐人，也不希望攪和角因爲他老頭的身分，被大家拿來炒作、窮追不捨，那只會造成無謂的困擾。（2005/11/20）

●

我說過，在我眼中，沒有英雄這回事，所謂「一將功成萬骨枯」，而我，是個混蛋的愚人罷了，絕不可能犧牲別人來成就自己，那不是我的風格，也不是我的作法。在我的認知裡，每一個人都是唯一、單獨存在的個體，任何人，包括父母、政府、上帝在內，都沒有任何理由、權力去奪取或是踐踏別人的生命來往上爬，那不符合公平正義的原則。關於媒體嘩啦啦隨議題起舞，喂，那是妳該比我更清楚狀況爲何的吧，媒體→利益團體→賺錢→議題→炒作→灑狗血→收視率→廣告，這不是我所關心的，我所要的是「自由貿易競爭」改爲「公平貿易往來」。可是，妳以爲媒體是我家開的嗎？我想表達什麼就能呈現什麼嗎？我還沒蠢到那個地步好不好？至少我要讓大家都知道有 WTO 這回事，不要像二〇〇三年的杜哈談判，台灣一片靜悄悄，像一陣冷風吹過，只在我心頭留下雞皮疙瘩而已。拿「命」去換都換不到任何一點關注，不然我早「死」了。現在只不過絕食一下，能得到八天的關注，妳不覺得划算嗎？我知道社會媒體的關注，並不能引起重視，至少能傳遞一下心中所要表達的訴求，雖然很微弱，但是，總比沒有來得強。有時候不要盡往壞處想，生命是一連串遺憾與不平組成，轉換一下心境，欣賞不完美的缺陷，何嘗不是另一種美學的呈現？

從我決定做這件事到現在，不管在公開場合、私底下，在警局、在法院、在媒體面前、在會客……我從來沒有、也不需要爲我自己想得到什麼或是名聲而去要求、去努力，我想要的，大地、海、月娘，老天都會允許我得到，所以我不需要、也不想從任何人手上拿我不想要的事物，更何況，要出名也不選在台灣這塊我的家鄉上。我以前的妄想是，能在國際舞台站穩腳步，要不是死囝仔，那眞是任何人也攔不住我心中熊熊燃燒的熱情。現在的我，只想幫農民和小孩而已，農民需要留在自己的土地上賺錢，並得到應有的敬重，小孩應該要可以讀書、吃飽，且不能失去尊嚴。這是死囝仔用他的生命告訴我的，「沒有尊嚴，一切將不再重要。」

我自己是什麼料，我自己清楚得很，不會妄想上天賜予以外的事物，一個三流的腦袋、二流的手法，卻有一流的上天賜予的人。相信只要沒有心盲的人，都應該知道敬畏自然的力量，而不是把好事都往自己身上攬，幾兩重，我自己知道得很，不會迷失或是淹沒在無聊的口水之中。大家都只關心絕食這檔無聊的事，我也很無奈，很無力，眞是只有一句話，「我！寂寞啊！」套一句大小孩告訴我的話，「我們的吃飯、讀書顧好，其他的，相信你也要不出什麼把戲，你不是這塊料，你省省吧！」我第一不怕關，第二不怕死，第三也不怕別人誤解，我在圍牆裡，是希望能有個議題，讓大家好好發揮。

問我對農業懂多少，其實我自己也不清楚，只記得整片整片西瓜園、菜花園、胡蘿蔔園……，因爲賣不到價格而不要了，任人拾取；整車滿滿都快掉出來的高麗菜、花椰菜，小貨卡一台不値五百元；停收金香葡萄時，整園的果樹全砍了，是誰的心在滴血？種稻種到不夠成本，賠錢還在種，爲了什麼？

（2005/12/26、27）

●

體會自然的美，要先認識大地生命的力量，敬畏大地的變化面容，不然只會瞧見表象的一面，無法眞實的對話與了解。當兵前，在外公家住了幾年，幫忙種田，我知，再默默種田下去，最後是沒有路走，這就是現實的環境，要是沒有改變的話，不出十年，台灣只會剩下「觀光農業」，我們一切吃喝全要仰賴進口，那還有什麼好談、好講的？

以前常有人說，二林出柳丁，可是長那麼大，除了在阿公家見過幾棵柳丁樹之外，還沒見過那裡有一整園的柳丁。在記憶中，萬興在我很小的時候有一園，不過我大了之後，變成金香葡萄園，最後在公賣局停收金香葡萄事件的抗爭之後，變成稻田，我看再不久，會變成「草園」吧。

當兵前一年，要去台北圓山飯店按裝地板，因爲十、十一、十二層樓被火燒掉，住在關西，一處美麗的山林，從台三線關西高農對面的路進去。那一年，當地產的海梨柑豐收，滿山遍野都是黃澄澄的美景，可是賣不到價錢，掉了滿地。再來遇到彰化的高麗菜事件，一顆兩百多塊，可是都被大盤壟斷去了，因爲有九成以上的高麗菜田是「契約田」，被綁死了。再來就是稻米價格直直落，農民北上抗爭。

（2006/02/02）

太多人站在牆頭

想、思考、沉思、反省、靜坐冥想，覺得自己過於懶散、不積極，讓自己錯過了太多可以使力的機會，一味的只想趕快去發監執行、官司趕快結束，以為那樣就可以盡全力幫助自己所關心的人，不過那是想淺了，沒有遠觀、也沒有大氣。更深一層去思考，要是從七個月前、從出現的時候、從一開始下定決心的那一刻，就能擬定一個方向、一個計畫，慢慢去推動實行，那今天會不會像現在這樣，只是在原地打轉？關心的人累了、疲了，想付出關心的人，仍停留在原地，沒有任何實質上的助力，除了口水多一些，歲月的消逝，農民漸漸蒼老、小孩掙扎成長，在這段時間並沒有得到應有的重視與照顧。是哪裡出了問題？我想，是自己連未來該如何走、往哪裡走，到現在都還沒有弄清楚的緣故吧！

一直覺得自己的頭腦笨、蠢、白癡到無以復加的地步，不過，這也可能只是個藉口，一個唬弄別人、安慰自己的爛理由。大家眼睛睜得大大的看著我，自己卻兩手一攤，躲在台北看守所，表現出一個受苦者的模樣，博取同情，實在不可取。

現在擁有的資源，是許多人不敢想像、也達不到的地步，在自己出現之前，更是一個遙不可及的夢想。可是這麼多的資源、助力、人脈，自己用到哪一項、哪一點？沒有，除了多讀幾本書、耍耍嘴皮子之外，其他的時候都在耍白爛，難怪當別人讚許、認同理念時，自己會不好意思的尷尬的笑，不安的摸摸頭、揉揉鼻翼，原來，在潛意識裡，那一點廉恥心還是有的，還不到不要臉的地步。

到現在還自豪自己的適應良好，眞是一個天大的諷刺，看書、看報、運動、靜坐、寫信，一種無所謂的自信在作祟，也不知道在得意個屁。日子一天一天的過，有什麼用處呢？有什麼幫助沒有？無聊的沾沾自喜發作時，有沒有想過，那是攫取多少人應有的關心、幫助與目光才有的，那麼喜歡關、那麼愛關，麻煩，請滾遠一點，不要在這妨礙地球的運轉，不要再浪費大家的時間、努力與目光。讓這些力量與關注，回到原本該去的地方，而不是老繞著一個王八蛋不停的打轉，等時間冷卻、熱情消退後，失望、嘆息隨之而來，那是一種罪過。

有時想，是自己錯了，犯了一個觀念上的錯誤和疏失，台灣和外國畢竟不同，在北愛爾蘭、法國、車臣、巴勒斯坦……，理念的推行，是用生命在延續，用血淚來排除萬難，參與的人爲了創造歷史、社會的公平與正義，在集團、財閥、政府的壓制下，依然能夠勇敢的力挺下去，不會有絲毫的退卻與忍讓。但這一點在台灣是行不通的，台灣講究指標性人物，當領導的人倒下去或是入獄時，理念、訴求會爲之停頓，並沒有繼起的火花與光芒，人人束手而立，等待倒下的人重新站起來或是出獄，或是另一位傻傻不知所云的傢伙，再度撥動大家的心弦。有時，很難想像如此的情況，爲何一再重複在台灣上演，想問一句，「李應章在哪？簡吉在哪？」

人人都知道身旁周遭有太多需要幫助、扶持的人，可是知道並不等於做到，大家都在觀望、期待，等待有人先伸出手來。不牽涉名、權、利，是大家所認同的，可是在認同之後呢？誰將這股力量延續下去？只是在想，爲何現在民主、自由、經濟發達的台灣，在弱勢的角落裡，小孩生病待援，渴望讀書，卻繳不起學費及午餐費，只能徘徊於學校門口；大人失業愁苦，農民望著滿田豐收，卻操煩穀價如何？菜價如何？水果一斤多少錢？滄桑的臉龐，絲毫泛不起豐年的喜悅，一種無奈與痛苦，如影隨形，只能嗚咽的在喉頭對天喃喃自語。

政府、議員、財團並不是眼盲，是心盲，一層層的選票、鈔票、股票的誘惑，使他們不得不昧著自己的良心，違背自己的意願，繼續去荼毒、殘害同在這一片土地上的人們。善良不是錯，淳樸不是命，來不及長大的靈魂，更不該是生命的原罪。太多人站在牆頭，靜靜等待，選擇，當有利的風吹來，立刻張開雙手，以諂媚的笑容去迎接，拋棄他們原先所利用的墊腳石，吐吐苦水，宣示自己的身分、作爲，也表達些許遺憾，遺憾曾經的墊腳石，不再是助力，而是阻力，誇口爲了國家、民族的大業，張起大旗，打著動聽的口號，繼續在這場騙局中，投入另一個泥沼。人心眞的很壞，爲了維持既得利益，可以不顧一切的去傷害、踐踏別人的尊嚴、未來與夢想，只爲了堅固自己擁有的優勢、權力與地位；有多少的政客、投機者、財主關心過這一片土地上的人們，是同胞，而不是棋子而已。

沒看透，是什麼原因使自己的雙眼、內心裡的燈火黯淡無光，不再強烈感受到生命中的那股使命感，積極的熱情，不爲囹圄所消滅，卻被自己安逸、白癡的生活態度漸漸消磨。當自己大口喝著可樂、沙士，大口嚼著肉乾、零食的同時，需要即時伸出援手的無助呻吟，聽見了沒有？當報紙一頁一頁的翻，書籍一本一本的更換，多少人還在太陽底下，奔波勞苦，辛勤的種著連自己也不清楚的未來。省思是生命的動力，休息是爲了將來打算，但是，還是對現況起不了幫助。之前默默無名、不爲人所認識、隱身在群眾當中時，多少還能幫助不少人，但這十個月來，到底做到了什麼？存疑。

一股炙熱的念頭，在身體裡奔流著，以前總想，要救一個瀕臨餓死的人，總不能說，等一下，我覺得肉圓、豬腳不錯吃，等我回彰化買，而把手中的麵包投入垃圾桶吧，這叫僞善。

（2005/10/09）

運銷、捐血與認養小孩

供給與需求是經濟的本質，農民從事生產，最大的不利之處在於被動，沒有自己的銷售管道。種田種一輩子，作物收成時，不是交給販仔就是車去果菜市場賣，價格往往隨人訂，豐收時，跌價，欠收時天災不斷、賣相不佳，販仔永遠挑三揀四、嫌東嫌西，不管如何就是賣不起價格啦！

農民像砧板上的肉，隨人在殺、隨人在割，又無力回嘴、回擊，講破嘴也沒人聽，販仔吃定你不賣給我，你也無處賣去，到頭還是要交給我啦！雖然欺負善良的人並不是什麼光明的事，可是在鄉下，每一台二十噸的貨車都蘊藏一棟豪華透天別墅，什麼你兄我弟，在金錢的誘惑趨勢下，全成了空話、廢話，留待回家去掩著棉被哭泣比較實在。苦，苦在於不管日治或民國，能欺壓自己的人，永遠是血液中流著相同血脈的同胞，助紂爲虐的渾球，才不管主政者是日本人或台灣人，能賺錢才是最重要的。什麼民族團結，在台灣，那是哪一年的笑話了，有鈔票就能收買政客，有政客替自己發聲、加持，還怕獨佔的位子不穩嗎？

科技的進步，帶動產銷結構的變化，機會逐漸成形，網路是一個很好的銷售管道，所以我想架設網站來幫忙銷售農產品，不用經過販仔層層剝削，自己就有管道可以銷售、展示。不過有了賣家、買家，只差中間運輸的通路，正所謂二十一世紀是通路的天下，有通路就有商機，而通路是一般市井小民無力負擔的，需要龐大的資金與權力運作，所以一定要想辦法協調好通路問題。舉個簡單的例子，一箱15×30×30的葡萄禮盒，由超商通路運送比小型貨運行的成本，要貴上四十塊左右，以兩個半月的採收期，每天一個葡萄農有十到十五箱的銷售量算，這樣一個採收期下來，光損失在通路差異的成本有多少？大批葡萄農被販仔吃了，連禮盒這種小額配送也遭到通路的夾殺，路眞的很難走，到處都是石頭、坑洞，想辦法要使人跌倒。

另外網站不止可以賣東西，還可以聯絡感情，在人情淡薄的現在，不失爲一股力量，另一項想做的事是，每三個月可以找群朋友相聚一下，初期以五十人爲目標，聚會地點可以找捐血的地方。呵，我知道這有點怪，不過捐血一袋救人一命嘛，捐血不但可以促進新陳代謝，還可以幫助需要的人，何樂而不爲呢？

我連海報都想好了，一個人半躺在捐血椅上，左手拿著傳單瞧著，悠閒怡適，右手一鬆一緊，輸血的導管，連接到另一張加護病床上的點滴，一位面容消瘦枯槁的人躺在床上，身旁滿是醫療器材，捐出的熱血，正一點一滴爲他注入生命的希望。呵，我知道太過於天眞，不過這不是什麼難事吧。

再來就是另一個關心的重點了，大家掏點錢認養小孩。這是一個不太容易的想法，因為當義憤填膺時，大聲疾呼，每個人都好像心有所感、熱血沸騰，可是當真要出錢的時候，種種的理由、推託、不信任感統統都會出籠，所以贊聲的多，出力的始終不夠。

認養小孩不只是幫助一個未來的希望，能夠長大、茁壯、順利與一般人享有相同的成長環境，也間接幫助每一個資助人，能夠取得心靈的平靜，一種另類的寄託意義。現在人的抗壓力低，人與人之間的相處基礎不夠扎實，所以常導致滿腹心事無人可以傾訴，寄情於宗教信仰上又無法體會宗教對於人的意涵，總是讓自己忙於工作、家庭、愛情、玩樂……當夜深人靜、喧囂匿於無形時，一個人獨處思考、探詢人生的意義，無法有個所以然來，各種讓步、退而求其次都無法讓自己滿意時，人生變成一個笑話，笑過就算了，更容易因為一點點小小的挫折或失敗，就否定、鄙視自我，覺得世界土崩瓦解，一切的一切，對自己都不再產生任何意義。但如果你的生命，正緊密的與另一個被認養的人連在一起，一種變相的鼓勵自己的方式便形成，意識到自己的生活，也關係到另一位共同為生命努力的人身上，正一起尋找未來的方向。

（2005/10/15）

聽一審判決後

聽一審判決後，心情沒有絲毫起伏，猶如平如鏡的湖面，被自然的魔力給凍結，談不上任何反應，好像接受判決的不是我，聽聽就好、聽過就算了，反正也不是什麼重要的事。不過，不能笑，倒是讓我有點難過，法庭上，大家都那麼嚴肅安靜，總不好意思自己一個人笑吧，那會讓人誤解我是在嘲笑這個司法體制，於是壓抑著，但憋太久，可是會內傷的。

心中一直盤算著要講二林蔗農事件，再過三天，就滿八十週年了，有多少人記得這個日子，跟有多少人在乎農民是成正比的，但歷史總是在重複著錯誤，一種人爲貪婪的醜陋面，現在也不比日據時代好多少。當法官講出我是爲了自己而放置爆裂物，並且加罰十萬元時，我差點忍不住鼓掌大笑起來。呵，眞不簡單，有過人的獨特見解，令人佩服。不過，我克制住了，因爲質疑司法，會對社會造成損傷和破壞，有任何的不滿，就是兩個字，「上訴」，不然，就得想辦法修改法律（當然，這不在我的範圍內）。畢竟，一個月入十幾萬的人，怎能體會有人連書都讀不起，在寒冷的冬天，還要就著水龍頭洗冷水澡……。

其實判七年對我來說，和無期是相同的道理，目的都是在懲罰弱勢，扼殺爲弱勢發聲的權利。在階級鬥爭中，底層人民的反抗聲，往往對當權者、既得利益者是一種嚴峻的不信任挑戰，理所當然要制止，不讓其效力擴散蔓延、威脅到階級的順從性。所以，刑期越長，反而對我越有利，巴不得聽到死刑，呵，不是我瘋了，只是這代表一種指標性的意義，越大的壓迫，會得到越大的反彈和突破。常講的，生命有其限度，理念的延續是要靠大家的幫忙，而且人嘛，總是不要臉的想當帶頭者。

簡單解釋，譬如就大陸民運人士來說，潛逃或者遭放逐國外，對他們都是不可挽回的傷害，失去了舞台，也失去揮灑生命的空間，一旦身處資本主義的環境，沉淪了，身心靈都將與當初的理想脫節，不再緊密聯繫，縱使再度意識到自己的使命感，當初急於逃離的中國，也已經變得遙不可及，滿腹的熱忱，只能留存在過往的回憶裡。沒有環境的造就，單憑個人的努力與堅持，是累人又挫其心智的摧殘，像一葉扁舟，終究在暴雨洶湧的浪濤中，爲歷史與人們所淡忘，茫茫然漂向生命的終點。

一個被人遺忘的日子，李應章先生，一定很感慨吧！

（2005/10/22）

我為什麼上訴？

上訴並不因爲刑期的長短或是對於法律的公平性有所質疑，「關」就是如此，好好關、用心關、認眞關，並沒有什麼，不必看得太重。有形的監獄圍牆，限制的是身體的自由，並不阻礙心靈的成長與活躍，在乎所處的環境是一種「妄執」。生命有限，對於不相干的事物付出太大的心力與無所謂的煩惱，是一種不智的行爲。

對於判決的結果，有任何的不滿或異議，並不適合當庭提出反駁或者是抗辯，那會造成無所謂的爭端與衝突，法庭代表著社會的公平與正義的最後防線，雖然有人不認同，但這就是法律，它只能持平，不可能盡如人意。當判決宣讀完畢後，不管聽到任何的結果，只能以謝謝來表達尊重，任何情緒性的反應，都不能表現出來，不滿、不服，有正當的管道可以申訴，那就是上訴。而我對於當庭宣判時，法官所說與判決書所載的「意圖供自己犯罪使用」不認同，這句話否定了我所追求的理念與訴求，「關心農民與小孩，不傷害任何人，不爲了我自己就不需要害怕」的信念。

既然動機是不好的，如何能幫助別人？刑期怎麼判都不是我所關心的，但說我意圖不良……，這就是我所不能接受的，所以我選擇上訴來表達我對於「意圖供自己犯罪使用」這句話的抗議。

（2005/11/01）

到花蓮外役監種田

暈車，太久沒坐車了，晃、搖、擺，吐了四次，太遜了。從桃園、台北、宜蘭、花蓮、光復，一路過來，從天剛亮到天黑了。這裡環境看來不錯，可能還需要適應一下。持午的習慣暫時停止，晚上十點早早睡，靜坐的慣例也暫時放下，倒是活動的空間變大，不像之前在北監那樣，怎麼走、怎麼逛，從房舍頭走到房舍尾就那短短的四十二公尺。我現在終於了解，爲什麼別人一直跟我保證、推薦，要我往花蓮外役監走。

（2007/01/21）

●

現在在這裡，看見月亮變得容易，也不再有鐵窗的阻隔，陪伴在旁的星星是一群一群，不再是孤單和寂寞在一起。來到自強外役監後，三餐都正常吃，而且一大碗，自己還預備了一罐肉鬆，如果遇上不想吃的菜，可以加肉鬆。出工，等於跨出自強的大門，橫過馬路到對面的田裡。第一次見到棗子樹，瞧了半天也瞧不出個所以然，好在透明的套袋給了提示。出工時戴斗笠、穿雨鞋，直接與土地構築情感，收工回來後，指甲縫在洗完手後還是黑黑的，有種親切的熟悉感。

（2007/01/31）

●

頭戴斗笠，腳穿雨鞋，手戴手套，拿著鋤頭，在地瓜田裡鋤出一條條栽種芋仔蕃薯的溝，流汗的感覺眞好。平時運動時，慢跑、仰臥起坐、俯地挺身、拉滾輪，其實都很無聊，在相同的地方重複同樣的動作，不像在外頭，走到田裡的產業道路，有撲鼻的桂花香，遠山頭戴白雲，時捲時疏，像棉花、像棉花糖，這兩天出工時月亮還在中央山脈上閒晃，呵，猶如「日月爭輝」，收工時脫掉雨鞋，換上拖鞋，整個人都輕鬆了起來。中午，外頭烈日當空，啃著硬又脆的口糧餅，一點左右，再趴在桌上休息，有規律的生活步驟。下午出工去整理會場，看見一水塘，裡頭一隻金黃透橘又帶黑斑的錦鯉，正悠游池畔落葉聚集處，張大嘴吃著落於水面下的小蟲，一開一合，兩撇鬍，加上緩緩擺動的尾鰭在芭蕉樹下舞動，毫不在意一旁正觀看的我，兩者各有專注，一幅景色。

（2007/01/11）

●

今天去拉蕃薯藤，草長得比地瓜好，每三、四株就有一個窟窿，顯出被老鼠啃了一半或全部的地瓜殘骸。在想，有機無毒的栽種，是取決於品質、樣貌、大小、健康的訴求，或是與土地的一種和平共存?去田裡的路上，鳥類、昆蟲，物種繁多，老鼠四竄，而挖出的地瓜，大小眞的不能與慣行農法種植的相比，不過好處是可以生吃，玉米也是，滿甜的。下午去拔菜園的草，發現包子菜、花椰菜、九層塔、百香果、蕃茄、辣椒上頭都有蟲咬的痕跡，呵，如果要賣，能推銷給誰?哪一個階層的人會有意願買?很難，一臉苦笑，滿腦的思索，付出相同的勞力和汗水，種田賺取的或許是幾百元，先決條件還必須土地是自己的，而做工最少有一千五到兩千，我咧，看到鬼的人才會選擇回家種田兼忍受被人嘲笑與幹譙。不只是觀念上要調整，而且在勞動收益上也要達到一定的生活水平，不然就只有沒有爭利心與上了年紀的人，「養老」、「休閒」才會選擇種田了。

（2007/02/04）

●

我下組了，是技訓的石雕班，很久沒有這麼專注的做一件事情，時間在埋頭打磨石頭中快速流逝。山裡的氣候，變化無常，昨天還豔陽高照，太陽熱得會咬人，今天說風是風、說雨來雨，茫茫細雨籠罩著中央山脈與海岸山脈之間的谷地，遠處的台九線、花東鐵路與花蓮溪，落入一片朦朧雨勢中。冷了，渾身顫抖起來，下午出工時多穿了件長袖內衣，現在沒有死硬派那回事了，肚子餓了就吃，冷了就加衣服，沒必要的時候，不會找話題，知道自己對電視厭倦了，除了聽聽歌，看看 Channel V 和一些有趣的節目，大部分時間就窩在閱讀室看書、學英文。

（2007/03/11）

●

第一次發現自已眞的很臭，汗流浹背後，風一吹，太陽跟著一曬，內衣半乾半濕，緊緊黏附在身上，收工休息後，漸漸的，漸漸的身體冷了下來，一股新鮮的汗臭味，如影隨形。在外頭下田時，風大，感受還沒那麼深刻，中午午睡時，內衣褲懶得換，被單拉著摀住頭就睡，陣陣濃濃的汗臭，在被單內蔓延開來，薰得自已想吐，頻頻扯、掀著被單換氣，呵，臭死了，心裡咒罵著。

雨，茫茫的下，風，忽左忽右，胡亂的吹著，像澆灌盆栽的噴霧灑水器，在空中均勻的噴灑。水珠一顆顆，隨著風起風落，飄散開來，遠山，中央山脈，近山，海岸山岸，都藏身在一片白濛濛的雲霧身後。我呢，雙手戴著棉手套，身穿二件式雨衣，正彎著腰，種著蕃薯藤，一拖一按一蓋，機械式的重複著相同的動作，心中卻是無比的快樂與滿足。每一寸泥土，每一粒石頭，每一株草，每一片葉子，每一叢牧草，每一隻白鷺鷥，每一棵芒果樹……都實實在在的存在著，沒有虛假與謊言的不眞實感，不需要聲光幻影的迷離吸引，感受在心。自強外役監，紅瓦白牆隱身在群山與樹叢間，如果能再配上縷縷炊煙的話，眞是好一幅田園景色。

梨花帶淚，應該要形容美人吧，不然眞的掩蓋了梨花的美。白色的梨花，在周遭盡是綠所籠罩的世界中，盡顯其美。花大概有如舊五元銅板大小，四、五朵合開，五瓣花片中，點綴微粉的花蕚，有時側身在枝椏樹葉旁，有時卻大剌剌的一枝拔出的枝條頂，獨秀其美。香不香是聞不出來，出工、收工時見到，卻感染那股泰然自若。生命的輪序，並不因雨天、豔陽、陰天、或人的喜樂、煩躁而減其美，遮其光芒，依然等待時節，讓大自然的魔力，將花幻化成梨。

毛毛細雨落在竹葉編成的斗笠上，慢慢的團結，形成水滴滑落邊緣，再一滴一滴，掉落到眼前的土裡，形成一個小窪。我喜歡種田，喜歡那種感覺，從施肥、種植、除草、收成，一截一截的蕃薯藤，竟然眞的可以長出地瓜來，感覺眞是神奇。每一株苗，都代表一個希望，不論是對自身的期望，或是收成的希望，雙手努力耕耘所形成的未來，是種滿足，是種不換的快樂。假如我可以選擇的話，毫不遲疑，種田就是我的首選。

現在是好奇到什麼都試，都往嘴裡塞。工作休息時，看見田的周圍種滿牧草，綠綠嫩嫩，好像滿可口的，便拔了一株，折去最頂的葉子，然後像啃甘蔗般，把硬皮一片一片的啃下來，接著塞進嘴巴，慢慢細嚼，品味，吸吮著裡頭的湯汁，感覺鹹鹹的，水分飽滿，纖維綿綿細細的，有咬勁，像吃檳榔，吐出來的渣有點像紅甘蔗。牧草心吃起來像煮過、冰鎮、做成冷盤的綠竹筍，不過少了那股甜味，節的地方微苦，忍不住吐了出來。金針花，聞起來有股清香，但生吃入口，咀嚼時會辣，舌頭會麻，一股濃濃的金針辛辣味往腦門衝，噁，全身起雞皮疙瘩，跳了起來，直往地上重踩，我咧。

今天又發現一個鳥窩，裡頭有兩顆蛋，問人，有人說是畫眉、伯勞、山雀……，我自已也搞不清楚，腹部是白灰色，背部是土黃色，有著與身體差不多長的尾巴，臉上戴了一條像蒙面俠蘇洛的黑眼罩。這是第三窩，前兩窩是三顆蛋孵出兩隻鳥，另一窩是五顆蛋出五隻，體型都跟母鳥差不多大小，呵……想必這隻鳥媽媽要很努力捉蟲、捕食，才養得活這樣的雛鳥吧。上次找帝雉的資料，結果一直對不起來，照片跟田裡的，怎麼差這麼多，原來這邊有兩種雉雞，另一種是環頸雉，高麗菜園有一窩，裡頭九顆蛋都孵化了，小雞長得跟母的環頸雉差不多，很可愛，還有一巢麻雀在日光燈座裡築巢，這就不希奇了，所以沒瞧個清楚。

（2007/05/02）

●

靜靜坐在木製的椅子上，近山青蔥翠，遠山積聚暗沉的深藍色雲帶，看著簡吉的獄中日記。最近，可能是意識到要報假釋的日期近了，或許是能實地操作而讓我對有機農業感到無比的興趣。一直、一直想了解，和之前純粹看書得知相關訊息，是不同的。一粒玉米種下，移栽，提著水桶澆水，施肥，兩個月的時間，長到快跟人一樣高，開花，結穗，鮮嫩的玉米筍，未完全成熟，大概兩公分到十公分，吃起來甜，或許是心理因素的加乘效果，感覺就是不一樣。現在吃生的彩色甜椒，黃，紅，像水果般自然，灑點梅粉的感覺也不賴，是來這以前所無法想像的，呵，因爲我以前根本就不敢吃青椒。折下檸檬樹枝條上的長刺當牙籤，一口一口享受著。

（2007/05/27）

早餐吃什麼？

不久前一個早上，有人突然問我：「早餐的時候，你喜歡吃饅頭，還是吃稀飯？」這個問題來得有點突兀、有點晃、有點抽離，讓我疑惑不解，左右瞧了一下，定睛對看，「稀飯。」想也不用想，肯定的回答。猜猜是什麼情況，心裡是一團霧，好像陷阱似的，一個回答不好，地板馬上開啓陷落，人往下直墜，ㄟ，又不是粉熟，也沒啥交情，心裡打了個突，怎麼突然問這個，怪怪的。

「還滿言行一致的，不是講一套做一套的人。」對方說。我沉默，好像有一隻烏鴉從眼前緩緩振翅飛過，一時間，還無法把吃稀飯、吃饅頭、跟我、跟言行一致聯想在一起，不過是吃頓飯罷了，不就是爲了塡飽肚子，補充體力，維持生命的必需，有必要這麼認眞、嚴肅嘛！

「我現在爲了你的事情，早餐都吃稀飯，不吃饅頭。」對方又說。這、這、這，這可言重了，雙手不斷內捲向外開展，想他到底在說什麼？不過言詞的表達好像落了一拍，抿嘴，左眉低、右眉高的思索如何回應，一時間，見人說人話、見鬼閒扯淡，大嗓門、搞笑化解尷尬氣氛的本事，統統都消失不見。

有點不知所措，當下來個傻笑給矇混過去，因爲除了笑，不知道還能幹嘛。「我在家的時候也不太吃麵條，我老婆爲了這件事還跟我吵。」老兄，交淺言深，越說越嚴重了喔。「因爲不要給大陸人賺啦！」我聽到嘴巴微張，有點晃神、錯愕，心裡 OS：「你搞錯了吧，麵粉是美國進口，應該是不給美國人賺吧！干大陸什麼事。」不過我沒說，倒是笑了出來，呵，怎麼有這麼可愛的人。

「吃什麼是一種習慣，我從小到大的生活環境就是如此，哪有一定要吃什麼。」「你的訴求就是不要進口稻米，所以你自己更要支持農民才對，不能講一套，做的又是另外一套，ㄚ嘸就是騙人。」嗯，突然有點通了，到現在想到這件事，都還是想笑，心情爲之開朗。

（2007/01/10）

一百五十三顆哈密瓜

玉米很甜，生吃，芋頭地瓜，鬆，軟，綿，深紫色的，白色不夠味。收工後，清洗滿身的汗與被汗濡濕的衣服，一身舒爽。蹲坐在水泥與空心磚構成的六十公分左右的矮牆上，吃著，那感覺。雖然天炎熱，烈日當空，有時下著雨，山區天氣多變，中央山脈只要戴上帽子，那下午出工時，飄雨的機會就大了。

溫室裡，光是站著，汗就像雨水從雲中遇冷凝結成水珠，從身體皮膚表層的毛細孔不斷湧出，源源不絕，揮手頻頻拭汗，都覺得猶如暴雨中行駛的車子一般，雨刷不中用的左右搖擺，純粹聊表心意，安慰自己而已。呵，身處其中的我，卻很少去在意，因爲心思都被一百五十三顆哈蜜瓜所吸引。瓜螟，潛葉蠅，蚱蜢是害蟲。哈蜜瓜的側芽、鬚、第幾葉，長多高了。如何用人工的方式，固定不聽話往上爬而左右竄或倒地的主蔓？點滴的速度，負責供水與養液。肥料，每滴間隔幾秒，五秒或十秒。時間的行進，飛逝般的奇快，有時感覺才進溫室一下下而已，喝兩口水，調整好點滴，來不及固定主蔓掛在網上，就已經要收工了。

呵，每天見到哈密瓜、甜玉米一天天的抽高，心情也跟著動了起來，不管以後是否能種田，這股期待與希望，會讓自已留下深深的印痕。

我知道理想正在指引我的道路，只是當我停下腳步，環顧四周時，一股無奈、沮喪，不得不的妥協襲上心頭。世界並不是自認的那麼完美與健全，太多現實因素需要考慮，人，從來不是單獨活著，而是群居，需要顧慮身旁，周遭或者關聯的人，事，物。繼續往前，因爲關心的人。

（2007/06/03）

●

最近早上都在溫室授粉，傷腦筋的是，效果好像不怎麼好，一百五十三顆，確定授粉成功的有九十二棵，觀察中的有二十四、二十五、十二共六十一棵，還在努力中。以前看見蚱蜢，覺得很可愛，有時還捉來養，捉來玩，現在是跟看到仇人一樣，立刻消滅，列入瓜螟、潛夜蠅、夜盜蟲、果實蠅一類的害蟲。我那麼用心在照顧，吃它我當然是不爽，不痛快。

昨天和同學捉了四隻蟲蟲的天敵——螳螂，放進去溫室裡，希望牠們能好好努力一下，飽餐一頓。有八顆的哈蜜瓜得了鏽病，我咧，葉子像是被燙傷一樣乾枯，不然就是冒一塊一塊的浮腫水泡，本來是一棵，現在正在蔓延。使用鎮江醋，一比一百倍加水稀釋後，全株噴灑，希望能止住病菌的擴散。而且最近我正用煙葉水，迷迭香切碎，香茅切碎浸水後，噴灑驅蟲，看看哪一種自然防治法比較有用。

哈蜜瓜長到大約有鵝蛋那麼大了，看到從小栽培、照顧，到現在已經有一點點的成果，呵，令人高興，很難用言語、文字去形容現在的感受。

（2007/06/13）

〈附錄一〉

楊儒門給「滾動的農村：二林三農播種營」的年輕朋友、以及所有聲援朋友們的一封信

人一出生，就選擇了面對死亡，不管如何的努力、掙扎、害怕、恐懼，生命一樣會走向終點，並不因任何原因而有所延遲、等待。

曾經想，安靜平順的度過一生。有個愛我的人，安定的工作，幸福的家庭作爲追求的目標。但是我知道，眞的如此，我會帶著後悔度過一生。生活周遭有太多的人事物，並不是閉上雙眼，選擇逃避，就可以忘記的。

宏大的理想，高瞻遠矚的目標，我並沒有。有的是想給農民一個希望，看得見未來。讓有心回鄉下打拼的人，不再因觀念而裹足不前，並不是回鄉下就是沒有出脫的「廖尾仔」。給孩童一個機會，能長大能讀書的機會，不再因生活的壓迫而早逝，不管是身體上或是心靈上的消逝。

關，我並不在乎。在乎的是理念的實現與否。

二〇〇五年八月二十七日於北所

〈附錄二〉

我的決心——楊儒門獄中絕食抗議聲明

鄉下人口的流失，耕地面積的銳減，種田人高齡化的趨勢，和年輕人因爲觀念、社會價値的轉變，不能也不想承繼種田的工作，在在凸顯了農業問題的惡化。當現有種田的人漸漸老去，又沒有年輕人肯援手種田的工作時，農業、農村、農民的未來該走向何處？年底要在香港舉行的WTO談判會議，期盼參加的代表能有助於農民的「未來」。

絕食是一種決心的展現，爲的是表達出對於農業困境的焦急與憂慮。持續六天的時間，是一種身體的慾望與心靈的渴求之間的拉鋸戰。要有多大的動力，多強的意志，才能支持繼續的維持所設定的絕食天數，而不受到外界的干擾與身體妥協的動搖?!

一個人的力量有其限度。要眞實表達出內心的感受，需要肯定的告訴自己，堅持理想的正當性與不變性，那是一種緩慢而又冗長的過程，並不會因爲身繫囹圄而有所改變。深植心頭的那一股力量與熱情，經過時間的考驗，更加鞏固了我的信念。

當上帝關上一扇門時，一定會再開啓另一扇窗，而那一扇窗，正是我所尋求的。

二〇〇五年十一月二十一日於北所

are legitimate and tolerate no wavering. This is a long and arduous process, but it does not and will not change simply because one is imprisoned. My passions and the fortitude welling up from the depth of my heart as well, when tested by time, only strengthen my belief.

When God closes a door, He leaves another window open. This open window is what I am looking for.

Yang Ru Men 11. 21, 2005 Taipei Jail

Translated by Briankle G. Chang
Please contact: tc.yang@msa.hinet.net in Taipei, Taiwan

附註：楊儒門於 2005 年 12 月 13 日上午 10 ： 00 ～ 19 日上午 10 ： 00 ，於香港召開 WTO 部長會議期間（13 日～ 18 日），絕食抗議 144 小時。

My Resolution:
A Statement from Yang Ru Men Written During His Hunger Strike in Prison

The loss of population in rural areas, the shrinking of available farm land, the graying of farming population, and the inability or unwillingness on the part of younger generation to take over and continue farming work due to shifts in social values and personal considerations−all these demonstrate the problem of ongoing deterioration in current agricultural situations. As our farmers continue to age with no helping replacement from the young, in what conditions do our agriculture, farmers, and rural villages end? WTO negotiation sessions are taking place in Hong Kong. I hope all the delegates work together for the"future"of our farmers.

Hunger strike is a manifestation of one's resolution. It expresses my worries and anxieties regarding agriculture's dire condition. The six days of this strike unfolded as a to and fro strife between my bodily needs and my mind's longings. How much will power and resoluteness does it need for one to persevere to the end of the day, all the while keeping one's body and mind intact and external distractions at bay?

One's strength has its limits. When one wishes to express one's true feelings, one needs to remind oneself that one's ideas

INK PUBLISHING 印刻文學 162

白米不是炸彈

作　　者　楊儒門
總 編 輯　初安民
責任編輯　陳思妤
美術編輯　張薰芳
校　　對　余淑宜

發 行 人　張書銘
出　　版　INK印刻文學生活雜誌出版股份有限公司
新北市中和區建一路249號8樓
電話：02-22281626
傳真：02-22281598
e-mail：ink.book@msa.hinet.net
網　　址　舒讀網 http://www.sudu.cc

法律顧問　巨鼎博達法律事務所
施竣中律師
總 經 銷　成陽出版股份有限公司
電　　話　03-3589000（代表號）
傳　　真　03-3556521
郵政劃撥　19785090　印刻文學生活雜誌出版股份有限公司
印　　刷　海王印刷事業股份有限公司

港澳總經銷　泛華發行代理有限公司
地　　址　香港新界將軍澳工業邨駿昌街7號2樓
電　　話　852-27982220
傳　　真　852-31813973
網　　址　www.gccd.com.hk

出版日期　2007年8月　初版
2019年1月5日　初版五刷
ISBN　978-986-6873-27-0

定　價　260元

財團法人|國家文化藝術|基金會　贊助出版

國家圖書館出版品預行編目資料

白米不是炸彈：楊儒門著
--初版, --新北市中和區：INK印刻文學,
2007〔民96〕面；　公分.（印刻文學；162）
ISBN 978-986-6873-27-0　（平裝）
1.楊儒門─傳記
782.886　96009455

附錄